文春文庫

ホリデー・イン

坂木 司

文藝春秋

Contents

ホリデー・イン

01
Holiday
In
*
Tsukasa
Sakaki
ジャスミンの部屋

雨が降っていた。三月なのに、冷たい雨。

こんな日は、客足が悪い。だから気持ち早めに店を閉めて、繁華街を歩き出す。いつもなら客引きでうるさいくらいの通りも、今はネオンが頑張っているだけ。

車に乗ろうかしら。サテンのピンヒールを見つめて、ふと立ち止まる。地下鉄の駅までは数分。電車に乗ったら一駅。あたたかい季節には、歩いて帰るような距離だ。贅沢《ぜいたく》？　それとも必要経費？　おろしたてのこの靴の値段を考えると、経費といってもいいような気はする。けれどこの天気のせいで、なかなか空車が来ない。

それならそれで歩くしかないわね。柔《やわ》らかなファーに頬《ほお》を埋めて、靴を濡らさないよう注意して歩く。すると、いくつ目かの角で声をかけられた。

「よう、いい脚してるな」

声がしたのは、下の方から。ホームレスかもしれない。でも、ほめられたい部分をほめてくれたので、悪い気はしない。今日はこのパンプスに合わせて、わざと脚の目立つ、スリット入りのロングタイトスカートを穿《は》いてきたんだから。

「ありがと。あんたこそ、いい目してるわよ」

声の主に目を合わせようと、軽くかがみ込む。するとその相手が、傷ついているのがわかった。でも死ぬほどじゃない。夜の街では、よくあるレベルの傷だ。

「――なんだおかまか」

煙草の一本も進呈しようという気分が、一瞬にして消えた。

「悪かったわね」

身体を伸ばして立ち去ろうとすると、声が追いかけてくる。

「おかまだが、いい脚だ」

そこであたしは傘をくるりと回して、立ち止まった。

＊

自分に拾い癖があるのは知っている。でも基本的には、若い男の子しか拾わない。

それはもちろん趣味ということもあるけど、自分がホストクラブを経営しているから、ちょっとだけ実益も兼ねている行動だ。その証拠に、拾った男の子がホストとして独り立ちしていった例も多い。

たまに女性や子供を拾うことはあるけど、それは趣味というより緊急避難場所を提供してあげたようなケースが多い。事情があって警察に逃げ込めないとか、児童養護施設や乱暴をはたらく親から逃げてきたとか。

でも、誓って言うけど、おっさんを拾ったことはない。だって、趣味でもなければ実益にもならないし、なにより保護してあげる必要性がないから。それに第一、おっさんという人種はあたしの美意識に反するところが多すぎる。

そもそも、美意識にかなってればおじさまとお呼びするわ。でなければきちんと個人名を呼んでるはず。

「ああ、腰から上を見なきゃよかった」

タクシーの席であたしを見て、おっさんはつぶやく。んもう。

「嫌なら降りなさいよ。あたしは無理に誘ってるわけじゃないんだから」

「別に。行かないとは言ってないよ」

「口の減らないおっさんねえ」

「腹は減ってるけどな」

やあね。ちょっと面白い。

車内のぼんやりとした灯《あか》りで、おっさんを観察する。まず顔。普通ね。ハンサムじゃないけど、不細工《ぶさいく》でもない。ただ無精髭《ぶしょうひげ》が生えかかってるし、髪型もぐちゃぐちゃだから見た目的にはマイナス。とりあえず、あたしの趣味じゃないとだけは言っておく。

服はスーツにステンカラーのコート。スーツはたぶん吊るしの安物だけど、コートは細身でそこそこものが良さそう。さて、これはどっちがこの人の趣味なのかしらね。

靴。これがちょっと不思議だった。安くはないけれど、すごく高級というわけでもない。つまり、デパートあたりでふらりと買ったような代物《しろもの》。でもそれが、ウォーキングシューズなのだ。

新品のウォーキングシューズは、おっさんが自分で買ったもののように思える。だとすると何故？　ビジネスマン的コーディネートには反するけど、刑事さんとか先生だったらありなのかしらね。

「トータルで、普通」

タクシーから降りながら、あたしはおっさんに言ってみる。

「普通か」

「普通は嫌い？」

おっさんはちょっと考え込んでから、首をかしげた。

「わからない。若い頃は、大嫌いだったはずなんだが」

「率直ね」

悪くない。外見は普通だけど、この人には年齢特有の固定観念を感じない。だから拾ってみようという気になった。

あたしは、率直と尊重を愛する。


案の定、玄関で靴ひもと格闘する彼。あたしは先に部屋に入ると、灯りと暖房のスイッチを入れて、ついでに琺瑯《ほうろう》のケトルを火にかける。保温式のポットと電磁調理器は、あたしの美意識に反する。

「くっそ。ひも靴ってのはこれだから」

「新品の上に水で濡れてたら、誰だって苦労するわよ」

普段はきっとそういう靴じゃないのね。だとしたら、急にこの靴を買った理由は何？　それは、傷ついていることと関係があるのかしら。

「紅茶、コーヒー、それとも緑茶？」

「なんでもいい」

「食事は？　とりあえずご飯に麵にパスタと選べるけど」

「あんたが食べたいものでいいよ」

これは投げやり？　それとも添うことができる人なのかしら。あたしは長袖Tシャツとスウェットの下を渡して、浴室を示す。

「とりあえず泥を落としてきて。消毒薬もそこに置いてあるから」

「いや、でも――」

この部屋に入って、初めて見せた逡巡《しゅんじゅん》。

「別にあなたをいただこうなんて、これっぽっちも思ってないから。安心してパンツを脱ぐといいわ」

そう告げると、何やら口の中でもごもごと文句を言いながら、浴室に消えた。

＊

お茶漬けはあっさりすぎるけど、ポトフとバゲットはおっさんに似合わない。あたしは悩んだ末に、冷蔵庫から卵とひき肉と葱《ねぎ》を取り出す。それを炒《いた》めている間に冷凍ご飯を解凍して、ついでに豆腐とワカメのお味噌汁も作った。あと、見た目と栄養のために、野菜スティックを添えてみる。ディップは味噌マヨネーズとアンチョビガーリック。ここだけは酒飲みっぽいメニューね。

バスルームから出てきた彼の前にお皿を置くと、不満げな顔をした。

「洒落《しゃれ》た格好してるくせに、母ちゃんみたいな料理作るなよ」

「なんでもいいんじゃなかったの？」

「困るんだよ。こういう、焼き飯なんてのは、醬油《しょうゆ》の匂いがたまんなくて——」

言いながら、スプーンを持つとそのままかき込みはじめる。犬みたい。でも、オトコって犬みたいな方が可愛いわよね。

一気に半分まで食べ進んだところで、水がわりにお味噌汁をぐいっと飲む。

「困るんだよ。性《しょう》に合いすぎて」

あたしはにっこりと微笑む。お風呂に入ってきれいになったら、雑種だって見られるものだわ。

食事が終わりかけの頃になって、お新香と緑茶を出した。すると彼はもう一度

「困るんだよ」と言いながら、焼き飯のおかわりをする。

ひき肉はちょっとあまからで、玉子はふわふわ。そこに葱と醬油を焦《こ》がした香ばしさが加わると、たまらないのよね。ああ、それから隠し味にゴマを入れるのがポイントよ。これはこの間、進《すすむ》くんにも教えたんだけど。

「ごちそうさん」

合わせた手の爪は、綺麗に切りそろえられてる。なんとなく、印象がちぐはぐだった。家庭があるようにも思えるし、でも少し捨て鉢な薫りもする。

「家出でもしたの？」

率直な相手には、ストレートにたずねた方がいい。

「出るような家は、もうなくなったよ」

彼は自嘲《じちょう》するように笑って、頰杖をついた。

「もうない、ってことは、かつてはあったということよね。なくなったのは、最近のことなの？」

「まあな。実際のところ、一週間前の話だ」

「たった七日間？　それって充分家出の範疇《はんちゅう》だわ」

最近の子供たちの「プチ」じゃない家出なんて、もっとすごいんだから。あたしの言葉に、彼は声を上げて笑う。

「でもな、家は売りに出しちまったから、帰るところがないんだよ」

「奥様やお子さんはいらっしゃるの？」

「ああ、ずいぶん前に離婚したよ。息子には、ガキの頃以来会ってない。まあ家を売った金を送ったから、それがせめてものつぐないかな」

身辺整理をしたってことか。てことは、もう恐いもの無しね。だから傷つけられても、余裕な顔をしてたんだわ。

こういうとき、あたしは自分がおかまでよかったと思う。もし女で拾い癖があったら、もっとずっと危ない目に遭《あ》ってたと思うから。でもあたしはガタイもいいし、そこそこ腕力もある。だからちょっとおかしな奴でも、受け入れることができるの。そしておかしな奴に追いかけられてる人も、守ることができる。

「煙草、吸っていいか」

「ごめんなさい。衣装に匂いがつくから、自宅では禁煙を貫《つらぬ》いてるの」

「つまんねえ家だな。酒は？」

「飲みたいなら出すわよ」

リクエストは焼酎のお湯割り。どこまでもおっさんね。いっそ梅干しも落としてやろうかしら。黒じょかに入れて温めた米焼酎を出すと、軽く眉間《みけん》に皺《しわ》を寄せた。

「芋の味うんぬんって文句は受けつけないわ。あたしは家なら米って決めてるの」

「あっそう」

食べて飲んで。とりあえず今の彼に、破滅へ向かう薫りはしない。あたしがじっと見つめていると、彼は苦笑した。

「安心しろ。夜明けには出てくよ」

なんだろう、このバランス感覚。ちょっと間を空けるだけで、「大丈夫だから」と念を押すような言葉が差し出される。口では「おかま」と呼びながら、すごく丁寧な対応をしてくるのは何故。

「――出てくって、どこに？」

「訊《き》くか、それを」

「博愛主義の心配性なのよ、あたしは」

すると彼は、丸めた背広のポケットからパスポートを取り出してこちらに渡す。無防備で、不用心。でもそういうのも、嫌いじゃないのよね。

「高飛びだ」

「正直に海外旅行って言いなさいよ」

夜の世界の住人に、筋もんかそうでないかの見分けがつかないとでも思ってるの。

そう告げると、彼は片手でぺしんと自分の頭を叩いた。落語家か。

「こりゃまた一本とられたな。でも、残念ながら海外旅行でもない」

「どういうこと？」

「井戸を、掘りに行くのさ」

それってシニアボランティア？　あたしがパスポートをめくりながらたずねると、彼はびっくりしたようにぐい呑みを置いた。

「おい。おかまってのは、超能力者なのか」

「なわけないでしょ。ていうか、井戸掘りって聞いたら普通、海外協力を連想すると思うけど」

本当は、そうじゃない。ただあたしも、興味があっただけ。

里親や海外ボランティアに、憧れたことがあった。結婚や子供とは縁遠い生き方を選んだくせに、諦めきれない何かがあったから。

誰かのために役に立ちたい。自分の子供に注いだであろう愛情を、誰かに受け取ってもらいたい。そうしたら、この人生が少しでもマシになるような気がした。満足して、死ねるような気がした。

でも、それはあたしにとって、甘い夢だった。思い出しては口の中で転がす、甘い甘いキャンディみたいな。

「今いる場所できちんと立てない奴が、何言ってんのよ」

ゲイバーのカウンターでぴしゃりと言われて、あたしはちょっとだけ泣いた。まだ若かった。何をすればいいか、わかってなかった。だから目の前のことに目をつぶって、遠くてきれいな未来ばかり見ていた。

「未来なんてのは結局、今の積み重ねでしかないのよ。一足飛びに未来へ行けるわけじゃなし」

その言葉に何度もうなずいて、ついでに「今ここで、きちんと起《た》つわよ」なんて冗談に笑って、あたしは今のあたしになった。口からあの飴玉を吐き出したとき、あたしはきっと大人になったんだと思う。

その後、ホストクラブを開いて独り立ちし、数年前には実家の仕事も請け負《う》うようになった。そうしたら、気まずかった両親とも、仕事を通じて少しずつ話ができるようになった。

だから今でも、折に触れて自問する。

ねえ、あたしは今ここで、きちんと立ってる？

口の中に飴なんか、入ってないわよね？

＊

「行ったら、長いの？」

手酌《てじゃく》で黒じょかを傾けながら、あたしはたずねる。

「長くなけりゃ、家を処分しないだろ」

「荷物とかは、どうしてるの。えらく軽装だけど」

「ビジネスホテルに預けてあるよ」

彼は満ち足りたのか、ぐい呑みをテーブルに置いた。

「ねえ、本当は何をするの？」

そうたずねた瞬間、彼の指先が小さな陶器を引っかける。ぱりん。きれいな音を立てて、ぐい呑みが割れた。

「あ、悪い」

「気にしないで」

わかりやすい人。こんなブラフに引っかかるのは、豪速球の直球しか投げられないあの男の子と一緒ね。あたしは少し優しい気持ちになって、逃げ道を用意してあげた。

「井戸を掘る、っていうのは便宜《べんぎ》上の説明でしょ。あなたが実際に現地でするのは、何かしら」

「……土地の整備、とかかな」

彼は陶器のかけらを集めて、手近なメモ用紙でショベルカーのようにすくい取る。でもね、あなたの指先はそういう職業じゃないことを物語ってる。

「ふうん。じゃあ開発途上国へ行くのね。だったら怪我とかしちゃ、ダメじゃない」

「……バイキンが入って、死ぬかもな」

だから、その言い方って小学生レベルだから。あたしは思わず笑い出しそうになる。

「そもそも、なんであそこで倒れてたわけ？」

「……ハードボイルドだよ」

「なに？」

「ハードボイルドみたいな感じ、やってみたかったんだ。雨だったし。でも相手が予想外に強かったから、本気で腰が立たなくなった」

それを聞いたら、もう駄目だった。あたしは身体を二つに折って、笑いの発作と闘う。

「なにそれ。ちょっと、子供みたいーー！」

すると彼は、今度こそ子供そのものの表情で、唇を尖《とが》らせた。

「悪かったな。ガキで」

まずいわ。あたしこの人のことが、けっこう好きかもしれない。

ちょっと好きになると、気持ちがどんどんプラスに傾く。

「名前、聞かないんだな」

「さっきパスポート見せてくれたじゃない！」

フルネームどころか、年齢だってわかったわよ。あたしはさらに笑い転げた。

「……そんなに笑うなよ」

「だって突っ込みどころが多すぎて！」

「おかまに突っ込まれてる、俺の立場にもなってくれ」

ああもう、なんていうかツボ。

＊

あたしがシャワーを浴びてる間に、彼はソファーで眠り込んでた。おそろしいほど無防備。さもなければ、おそろしく疲れていたのね。

毛布をかけながら、頭をそっと撫《な》でてみる。ごわごわの髪の毛。

ねえ。ずっと誰かに「大丈夫だ」と言いながら生きてきたの？　それとも「安心しろ」と言いながら、誰かを遠ざけてきたの？

聞いてどうなるものでもないし、もしかしたらこの人の方が悪いのかもしれない。ただ、この人がようやく口にできた甘いものを、取り上げたくはなかった。

床に置いてあるパスポートを、そっと拾う。ねえ、あと一年しか使えないパスポートで行ける国なんて、限られてるのよ。それに海外ボランティアは最長でも二年。行ったきりになるなんて、無理な話なのよ。

「――自分の妻と子にできなかったことを、他の国の子供相手にならできるの？」

小さな声でつぶやいても、彼は動かない。

「あたしはね、まだちゃんとできてない」

どうせできないなら、すべての子供を、あたしの子供だと思って接する。そう決めていた。でもあたしの両腕は案外短くて、あまりたくさんの子供には届かない。このでかい身体を、もっともっと役立てられたらいいのに。

あら、危ない。また飴ちゃんに手を伸ばしてたわ。ちょっと気を抜くと、心はすぐに楽な方へと流れてしまう。あたしが思うに、本当のハードボイルドっていうのは、決して自分に酔わない生き方のことをいうんじゃないかしら。

でも男っていうのは、何かと酔いたがるのよね。

「ま、そこが可愛いんだけど」

鼻先を突《つつ》くと、彼がごろんと寝返りを打った。そしてその拍子に、ソファーから勢いよく転がり落ちる。

「あらら」

ごん、という鈍《にぶ》い音がして、彼が跳ね起きる。

「い、いってえええ！」

あの子もしょっちゅう、こうやって起きてたっけ。あたしはお日様の匂いのする男の子を、懐かしく思い出す。来週あたり、久しぶりにあっちに顔を出してみようかしら。

「おはよう」

目の前に顔を突き出すと、彼はマンガのように後ずさる。失礼ね。軽くメイクはしてるわよ。

「え？　うわ、ああ、あ、そうか」

「もう夜が明けるわよ」

窓のカーテンを開けると、光が射し込む。彼は床に突き刺すように届いている光を、呆然と見ていた。

「本当なんだな」

「何が？」

「明けない夜は、本当にないんだな」

もう、本当にお口の中が甘い人ね。でも、もう朝なの。

「あったり前じゃない。生きてる限り、どこに住んでたって夜は明けるわ。ううん、死んでたってお墓の上に日は差すのよ」

先回りして言ってやると、ちょっと悔しそうにつぶやく。

「月に行ってたら、どうなんだよ」

あたしは笑いながら、心の中で囁《ささや》く。やまない雨もないのよ。

*

すぐにでも帰ろうとする彼を引き止めて、朝ご飯を食べさせて、一緒に外へ出た。眠らない街の早朝は、ほぼゴーストタウンと化している。

「世話になったな」

「いいのよ」

「あんたも眠らなきゃ、今夜がつらいだろう」

ほら、ね。やっぱり尊重もある。

「いいのよ。あとで寝るから」

それよりもほら、とあたしは角を曲がったところにある店を指さした。カジュアルウェアの量販店。眠らない街では、洋服屋だって二十四時間営業よ。

「服、替えていきましょ」

「なんでこんな早朝に、店が開いてるんだ」

ぽかんと看板を見上げる彼に向かって、あたしはウィンクをする。

「飲んで吐いた、ケンカで破いた、ついでにプレイに夢中になって破った。夜の街には、案外必要だと思うけど？」

「ああ……そうか」

路上で倒れていた身としては、口答えする立場じゃないと悟ったらしい。あたしは彼を連れて、てきぱきと服を選んでゆく。そして、できるだけ何気なくたずねた。

「背広は、処分してもいいのかしら」

彼が素直にうなずくのを見て、ほっとする。コートには、イニシャルの縫《ぬ》い取りがあった。もし捨てたい過去なら、それをいの一番に脱ぎ去っているはず。そしてそうじゃないということは――。

「捨てられないものだって、あるわよね」

「何か言ったか？」

「ううん。あたしね、よくバッグの中に飴を溜め込んじゃうのよね」

彼は「あー、のど飴とかな」と笑う。

「結局ベタベタになって、困るのはわかってるのに、つい貧乏根性で取っておいちゃうのね」

「わかるわかる。いつか必要になるだろうと思うんだよな」

コートは紺色のステンカラー。そして細身のデザインは、最近の流行。ここ数年の間に、誰かが彼にと注文したものかもしれない。しかも防水加工が施《ほどこ》されていたおかげで、あまり汚れてはいない。

それに似合って、かつこれからの彼に似合うのは。

「ほらこれ、試着して」

カーキ色のチノパンと、白いシャツを押しつける。彼は「さわやかすぎる」とか「若者っぽい」とかぶうぶう言いながらも、試着室に入った。

「き、着たぞ」

おそるおそる、カーテンから首を覗《のぞ》かせる。そうよ。生まれなさい。

「靴も履いて。でないと丈がわかんないわ」

「お、おう」

すっかり乾いた新しい靴を履いて、彼はぎこちなくその場に立った。

「あら。案外足が長かったのね」

「おう。いつもからまって転ぶんだぜ」

「はいはい。裾《すそ》上げ不要ね。じゃあこのまま着ていきましょうか」

あたしはお店の人を呼んで、この服を着ていく旨《むね》を告げる。そしてタグを取ったりしている間に、下着とTシャツが二枚ずつ入ったセットを一緒に買った。

「おい。これくらい払えるぞ」

「いいのよ。これはあたしのコーディネートなんだから」

袋を持たせて、あたしは先に歩き出す。サテンのヒールが、乾いた路上で軽やかな音を立てた。

「おい——じゃなくて、名前」

「はい？」

「名前、教えてくれよ。『おい』じゃ古女房みたいだ」

あたしは、唇の両脇をきゅっと持ち上げる。

「ジャスミンよ」

「オーケー。おかまのジャスミンな」

あたしはむっとして、彼のお尻を叩いた。

「いい脚のジャスミンよ。そう覚えておいて」

「わかったわかった」

大きな交差点に差し掛かり、そこであたしは立ち止まった。ここは夜の街のはずれ。そろそろ通勤の人も増えはじめてる。

「お見送りは、ここまでにするわ」

彼はうなずくと、あたしに向かって深々と頭を下げる。

「本当に、世話になった。ありがとう」

そして顔を上げるなり、なんてことなの、あたしの頬にキスをした。

「そ、その。今の俺には、お礼とかできないから――」

「ば、ばかじゃないの」

別にあたしはそういう目的であんたを拾ってないし、それにお礼なんか求めてないのよ！　そう叫ぶと、彼は真っ赤になってしゅんとした。

何やってんのよ。こんな人通りのある、交差点で。

何やってんのよ。ストレートのおっさんが。

どんだけの勇気、振り絞ったのよ。

信号が変わっても、しばらくあたしたちは立っていた。

彼は歩き出すきっかけをつかめず、あたしは彼の甘さに、くらくらしていた。

これだから酔いやすいオトコってのは。

「昨日も思ったが、きれいな靴だな」

うつむいた彼が、あたしのヒールを見ていた。

「あのね、フランスのことわざに『素敵な靴は、素敵な場所へ連れて行ってくれる』っていうのがあるの」

「そうか」

「昨日は、あなたのところへ連れて行ってくれたわ」

「悪いな。こ汚いおっさんで」

苦笑する彼の頬を指で突いて、顔を上げさせる。そしてまっすぐ目を見た。

「素敵よ」

「ど、どこが」

動揺しまくる彼に、本気でキスしたくなる。

「誰かのために働きたいと思う、あなたは素敵」

「そう言ってもらえると、嬉しいな」

「自己満足でも、代償行為でもかまわない。やらない偽善よりは、やった偽善の方が素敵に決まってるもの」

「……なんかほめられてる気がしないな」

「ほめてるわよ」

かなり盛大にね。

「これ、新しいでしょ」

彼の靴を指さすと、照れくさそうに笑った。

「前の靴は、ビルの屋上に揃えて置いてきたんだ」

「辞表と共に？　やあねー」

あたしは、それを笑い話のように流す。

「素敵な靴が、素敵な場所に連れて行ってくれるなら――」

信号が変わった。あたしは彼の背中を軽く押す。

「新しい靴は、新しい場所にあなたを連れて行ってくれるはずよ！」

押し出された彼は、とまどいながらも一歩を踏み出した。そして交差点の真ん中辺りで、ロッキーのように両手を突き上げて叫ぶ。

「――だ！」

「え？」

ざわめきの中で必死に耳を澄ますと、彼はこう言っていた。

東北だ。

三月は、別れの季節。でもすぐに、春がやって来る。

出会っては別れ、また出会う。くるくると回るメリーゴーランドみたいな時の中で、あたしは今日も素敵な靴を履く。

なんのためかは、もうわかってるでしょ。

「いい脚だな」って言われるためよ！

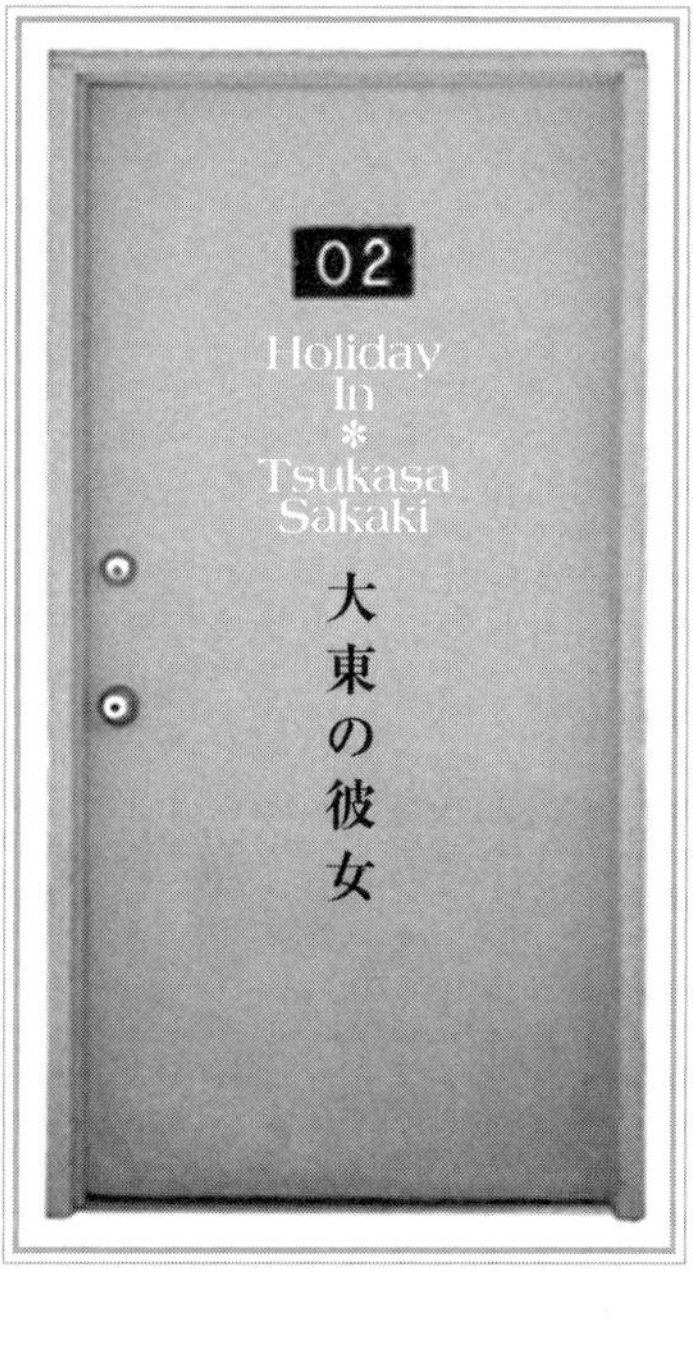

02

Holiday In * Tsukasa Sakaki

大東の彼女

なんか、交差点で手を振ってるヒトがいる。

「……いいなあ」

オレ、そういうの見ると、ちょっときゅんとしちゃうタイプ。

「なにが『いい』ワケ？」

トモダチが、隣で首を傾《かし》げる。

「なんかさあ、誰かに手を振るって、よくね？　映画みたいで」

「田舎ならわかるけどさ。こんな都会のど真ん中って、どうよ」

「んー、いいじゃん」

場所とかじゃなくて、離れたヒトに手を振るってのがいいんだよなあ。だってオレだったら、百メートル離れたらスマホ鳴らしちゃう。なのに、手。あえての、手。カワイイっていうか、切な系？

「あー、大東《だいとう》ってそういうの弱いよな。ベタな映画でじゃーじゃー泣くし、甘ったるい癒《いや》し系の話でも死ぬほど感動してさ」

そんで夜中にメールしまくるの。あれマジ迷惑だから。トモダチに言われて、オレは肩をすくめる。いいじゃんな。

いいハナシは、胸がきゅんきゅんして目がウルウルして、いい。癒し系でもなんでも、感動できるものはそれだけでオレ的には価値がある。なんていうか、そういうのを見たり聞いたりしてると、世界は優しさと希望に満ちあふれてキラキラしてる、そんな気分になるから。

てなことを正直に話すと、たいがい笑われる。「単純」「バカ」「能天気」は、基本的に言われる。でも、言われても別に腹は立たない。まあホントのことだし、オレは楽しいことやいいことの方が好きだから。

でもさ、たまにいるわけよ。楽しいことやいいことが好きじゃない奴ってのが。そういう奴は、オレみたいなのを見ると我慢できないみたい。

「楽しいだけで生きていけるわけがないだろ」

「痛みや悲しみを知ってこそ、人生に深みが増す」

「苦労は買ってでもしろ」

あーはいはいはい。うんうんうん。よかったよかった。きっとそうなんだろうね。オレには理解できないけど。

だってさ、痛みや悲しみなんて、知らない方がいいと思うもんね。知ってから「ああ、こういう幸せもあるのか」って思うのはアリだと思うけど、知らなくて幸せだったら、それで充分なんじゃない？　正直、そういうのって苦労しちゃった側の言いわけにしか聞こえないっていうか。

てか、苦労を買いたいヒトは買えばいい。買いたくないヒトはそのままでいい。自由。解散。それでいいじゃんね。

＊

「ああ、お帰り」

玄関に出て来た母ちゃんに、オレは紙袋を差し出す。

「なんか、うまいんだって。バイト先の人が言ってたから」

「へええ。じゃあお茶入れましょ」

くるりと背中を向けて、ゆっくりと歩き出す。不器用な足音。ごっとん、ごっとん。オレの母ちゃんは、貨物列車みたいな女だ。でかい。ごつい。重い。なんか茶色い。

女っていう生き物のイメージを裏切りまくる母ちゃんに育てられたオレは、当然のごとく逆のイメージの女が好きだ。ふわふわしてキラキラして、なんか触りたくなる。身近な例で言うと、ナナさんがどストライク。でもスポーティなミキティさんも、悪くない。いや、悪くないどころか、すごくいい。ついでに沖田《おきた》さんの元カノさんも、年上的にはアリアリ。

「あら、シュークリームだったの」

袋を開ける前にお茶を入れちまった母ちゃんは、オレの前に緑茶の湯呑みを置いた。

「別にいいよ。それよか食べよ」

こういうとき、進くんだったらばっちり紅茶とか入れるんだろうな。そんなことを思いながら、茶をすする。

「そういえば、あんた最近どうなの」

クリームを盛大に溢れさせながら、母ちゃんが聞いてきた。

「あのさ、ナイフとかで切ったら?」

「いいじゃない。シュークリームってのは、手で食べるもんよ」

それは普通サイズの話じゃんね。これ、巨大なんだけど。

「それよりも、どうなの。アルバイト、続きそう?」

「うん。だいじょぶ。今度んとこは、いい感じ」

高校出てからフリーターのオレは、母ちゃんに軽く心配されている。でも、根はけっこうマジメだから、ガチの心配じゃない。とりあえずワンルームに一人暮らしできるくらいは働いてるし、たまには旅行にだって行ける。中古の車は父ちゃんに金出してもらったけど、まあ維持できてるし。

ただね、オレ、就職には向いてなかった。ていうか競争に、向いてなかった。人のこと蹴落とすのやだし、蹴落とされんのもやだ。「オレがオレが」って自慢アピールもできないし、なにより成績が悪すぎた。

それにくらべて、バイトはいい。横並びで落とされることはあんまりないし、全員が新卒ってこともない。昇級がなければバイト同士の蹴落としもないし、すんごく平和。オレ、きっと世界で一番バイトが向いてる奴よ。

「ま、続いてんならいいけどね」

ずずっ、と音を立てて母ちゃんが茶をすする。

「最近、兄ちゃんはどうなの」

「ああ、元気だよ。こないだ二人で顔出しにきたし」

「ふうん」

兄ちゃんはいつでも、わかりやすくよくできてる。大学ちゃんと入って、ちゃんと出て、ちゃんと就職して、ちゃんと結婚。オレにないスペック満載。たまに、兄弟って気がしないほど。

「父ちゃんは」

「変わりなし。まあ、このまま定年まで変わんないだろうね」

オレ、たぶん父ちゃんに似たんだと思う。父ちゃんは平和第一の、ニコニコしたおっさんだから。ま、裏返すと絶対出世とかできないタイプ。

「それより、あんたのことを聞かせなよ。最近、なにか面白いこととかなかったの」

「んー、面白いこと、ねえ」

そこでオレは、正月の振る舞い酒の話なんかをしてみる。すると母ちゃんはわははと声をあげて笑った。

「口ん中さー、丸見えなんだけど」

「あっそう。金歯がまぶしい？」

「いやいや、そういうのってオンナ的にどうなのよ」

ガキの頃は、こんな母ちゃんがすごく嫌だった。どうしてオレにはもっと女らしくて、綺麗で、優しそうな母ちゃんがいないのか、すごく悩んだ。悩んだ末に、道端に落ちていた女向けの雑誌をプレゼントして、思い切り頭をはたかれたことがある。いやそれはもう見事に、すぱこーん、って。

説明とか、ねえの。問答無用の、すぱこーん。

そういえばオレ、はたかれやすいみたい。母ちゃんを筆頭に、色んなヒトにはたかれまくってる。いやまあ、バカだからしょうがないのかなって。

でもさ、オレ、ヒトには恵まれてんの。そこだけはちょっと、自信ある。ていうか、オレをはたく人は、大抵《たいてい》面倒見がいい。だからオレは、はたかれていい。そう思ってんの。

「そういや、彼女とかできないの」

いきなりぶっこまれて、湯呑みを倒しそうになる。

「できない。てかそれ聞く？」

「定期的に聞いておかないと、忘れそうでさあ」

「できたら言うし」

つまり、できない間は聞かないでほしいワケなんだけど。

「はは。いつのことやら〜」

リトル殺意。みたいな?

＊

トモダチはいる。いいセンパイもいる。家族もまあ嫌いじゃない。仕事も今んところはある。つまり、オレってけっこうシアワセ。でも、たった一つだけ問題がある。

カノジョがいないことだ。

つきあったことはある。童貞でもない。ただ、長続きしない。「嫌いじゃないよ」って言われて、「トモダチに戻りたいな」が鉄板コース。何が足りないのかっつーハナシよ。

別に草食系とかじゃないけど、肉食系でもない。見た目はフツーだし、服も悪くない(はず)。性格はたぶん、大丈夫。少なくとも優しさには自信ある。

なのに、なんでかね？

いや、まあね。ホントはちょっとだけわかってる。今までオレは、『カノジョ』っていう形が欲しかっただけだった。だから、その先に進めなかった。でもさ、相手の子をバカにしてたわけじゃない。ただ『カノジョ』ができたことが嬉しくて、舞い上がってただけ。

なんでそんなことがわかったって？　それはさ、バイト先の人を見てたから。

センパイの沖田さんと、元カノ（っていうか元妻？）さん。ずっと会ってなくて、しかもその間に子供とか生まれてんのに、なんかつながってる。切れてない。それは「またつきあおう」とか「ずっと愛してた」みたいなわかりやすい感じじゃなくて、なんだろう？　うまく言えないけど、とにかくなんかがあった。

次に、林《はやし》さんとナナさん。小デブなおっさんとギャルって、ちょっと想定外な組み合わせすぎて、最初は絶対無理だろって思ってた。でも、やっぱなんかがあった。たぶんあの二人はまだ手も握ってないだろうけど、それでも『カレカノ』より先にある、なんかを感じた。

そういうの見てたら、すごくうらやましくなったんだよね。

信じ合うとか支え合うとか、曲の歌詞にありがちな言葉が浮かんで、もうきゅんきゅん。胸、ときめきまくり。

でもさ、どうしたらいいんだろね。相手いないのに。

あーあ、恋したい。

もし今度カノジョができたら、オレはその子のことすごくすごく大切にする。相手のことをちゃんと見て、たくさん話をして、一緒にいろんなことをしたい。遊園地にも行きたいし、料理なんかも作りたいな。オレは下手だけど、とりあえずネット見ればレシピ載ってるし、なんとかなる。そんで二人でメシ食って、ワインとか飲んだりして。そしたらカノジョのほっぺたが赤くなったりして、きっとすごくいい感じになって、それで——。

「ちょっと。話聞いてんの?」

母ちゃんの声で、オレは現実に引き戻される。

「え? ああ、うん」

「そろそろ時間でしょ」

二人して立ち上がって、玄関を出た。靴箱の上に飾られた花を、オレはちらりと見る。母ちゃんは霜降りグレーのスウェットという、実際より一・五倍太って見えるダサい格好。花との対比がすげえ。

「よっこらしょ」

四駆の席に登るため、実家には踏み台が用意してある。なんていうか、これ、唯一の欠点だったな。四駆はすごく便利だけど、やっぱ年寄りには大変なワケ。

「そういえばさ、新しい人がきたんだよ。話したっけ？」

「聞いてない。でも前の人のこと、気に入ってたんじゃなかったっけ」

「そうなんだよね〜。でもさ、新しい人もなかなかいいよ」

家から二十分。白くて大きな建物の駐車場にオレは車を停めた。母ちゃんが降りる前に台を出して、手を貸す。

『リハビリセンター』と書かれた入口をくぐると、いつものおばちゃんが声をかけてきた。

「ああ大東さん。今日は息子さんの日でしたか」

言いながら、出席簿のようなノートにチェックをする。

「はーい。今日もよろしく〜」

母ちゃんはその人に軽く会釈《えしゃく》して、オレの先を歩く。ごっとん、ごっとん、ごっとん。母ちゃんの左足は、いまだにうまく動かない。

母ちゃんは、七年前に交通事故に遭った。ママチャリでフツーに買い物してるとこに、暴走車が突っ込んできたんだ。相手は病気の発作で、気を失ってたおっさん。母ちゃんは車に吹っ飛ばされて、背骨と股関節のどっかをやられた。

最初は、ただの骨折だと思ってた。でも医者に皆が呼ばれて、もう歩けないかも、なんて言われたときはマジで勘弁してほしいと思った。

だってさ、似合わねえし。

あんなごつくてでかい貨物列車みたいな母ちゃんが車椅子とか、あり得ねえ。そういう運命って、もっとそういうのが似合う奴のところにいくんじゃないかと思ってた。だってオレ、母ちゃん抱えたりしたらマジで腰やっちゃう。

「本当に、申し訳ありません」

ウチに来て頭を下げる見知らぬおばさん。そのヒトを前にして、オレと父ちゃんはポカーンってしてた。なんか現実味がなくて、突然何泣いてるの？　大丈夫ですか？　みたいな感じ。

兄ちゃんが話を聞くと、運転してたおじさんは死んだんだって言う。ていうか、母ちゃんを吹っ飛ばした時点でほぼ死んでた。

こういうのってさ、どうしたらいいかホントわかんなかった。つか、今でもわかんない。だってそのおばさんは悪くないし、よく聞いたらおっさんだって悪くなかった。持病もなんもなくて、病気の前触れもなかったって言うんなら、避けようがないじゃんね。

それでも、おばさんは謝らなきゃいけないし、オレたちはそれを聞かなきゃいけない。

「別にもう、よかったのに」

その場にいなかった母ちゃんは、あとでぼそりとつぶやいていた。それでも、今でも、花が届く。毎月一回。もう、いいのに。

でも、本当につらかったのはそっからだった。

命は助かった。頭も問題ない。ただ、リハビリをしないと一生車椅子の生活だって言われた。したらまあ、やるしかないっしょ。で、母ちゃんはリハビリを死ぬ気でこなした。いやいや、死にそうな目に遭ってからの死ぬ気って、マジホンモノだから。

大の大人が、泣くんだよ。見てる方もマジつらい。

貨物列車みたいな母ちゃんは、オレたちの前でほとんど泣いたことなんてなかった。なのに、そんな母ちゃんが痛い痛いって声をあげて泣いた。初めてそれを見たときは、秒速で帰りたくなった。母ちゃんだって見られたくないんじゃないかと思った。けど、そんなオレと兄ちゃんを、父ちゃんが止めた。

「見とけ」

そう言われて、うなずくしかなかった。

汗をだらだら垂《た》らして、顔を真っ赤にして、歯を食いしばって、ぶるぶる震えて。そりゃもう、女どころかヒトとしてどうよって感じのすげえ状態。

それをさ、最初は毎日。なんの拷問かと。あとでセンターのヒトに聞いたら、別に見てる必要はなかったんだって。したらあのエネルギー、返せって感じっしょ。だってすげえ消耗したし。

でもリハビリはやがて一日おきになって、今は週に一回。でもって月の一週目の送り迎えは、オレの当番。あとの週は、父ちゃんがやってる。結婚して家を出るまでは、兄ちゃんもやってた。

最初は壮絶ホームドラマみたいだった状況も、まあ、七年も続けば飽きる。なのになぜかオレ、ここで待っちゃう。もう「見とけ」な感じじゃないのに、なんとなく外で待つってことができない。

「おかしな子だね」

母ちゃん本人にまでそう言われても、壁際のベンチに座ることをやめない。これ、たぶんここが『あとちょっと』の人向けの部屋だからだと思う。

「はい、あと三メートル！」

手すりのコーナーを見ると、オレと同じくらいの歳の奴が、ゆっくり歩いてる。

「よくがんばりましたね！　来週はもうちょっと時間を短縮しましょう」

ジムのエクササイズ機みたいな機械で、腕の上げ下ろしをやってるのはばあちゃん手前のおばさん。

みんな汗を流して、一生懸命で、でも終わったあとにはなんか笑ってる。すがすがしいっていうか、希望に満ちたカンジ。これってじーんとして、ぐっとくる。しかも長い間見てると、ドラマがあるんだよ。ほら、今日もまた。

「卒業おめでとう」

担当の人から、小さな花束が手渡される。相手は、右手がなめらかに動かなくて去年から通ってたおっさん。

「ありがとうございます。お世話になりました！」

晴れ晴れとした顔で、頭を下げる。ここじゃ、性別も年齢も関係ない。みんながその人の卒業を祝う。当然、オレも。

「おめでとうございます！　予定よりも早くてすごいっすね！」

駆け寄って左手を出すと、おっさんはあえて右手を出してきた。

「もう、大丈夫だから」

ぎゅっと握られて、オレはまたじんとくる。ほら、やっぱヒトっていいじゃん。優しくて、あったかくて、人生ってスイーツじゃん。

ちなみに母ちゃんの卒業は、まだちょっと先。でももう家の中では自由に歩けるし、ホントあとちょっとなわけ。

「この人、武藤《むとう》さん」

新しい担当さんを紹介されて、オレはぺこりと頭を下げる。でかい人だ。

「母ちゃんが、お世話になってます」

顔を上げて、思わず二度見する。女かよ。

「いえ。大東さんのようなベテランの方だと、こちらもやりやすいです」

声は、思いっきり女。でも二の腕の筋肉はすげえし、背もオレより高い。それに骨太っていうのか、なんかちょっと、普通に生きてきたカラダじゃねえだろ、それ。

「あのう、なんかスポーツとか、やってたんすか」

おそるおそるたずねると、武藤さんは小声でもごもごっと喋《しゃべ》った。

「――を、やってました」

「え？」

よく聞こえなかったので首を傾げると、相手はちょっと赤くなっている。

「……プロレスを、やってました」

「マジで⁉」

プロレス、ってつまりプロ。てことはリングに上がってたのか。すげー。それで武藤って、まんまムタじゃん。あ、いや女子か。女子プロか。

てことは、このヒトが水着で……？　ウソ。想像の外だわ。

「あんた、なにじっと見てんの！」

すぱこーん、と母ちゃんにはたかれる。ああ、やべやべ。失礼な想像力全開だったし。

「すんません」

とりあえず頭を下げると、ムタさんは赤い顔のまま、首を横に振った。

「いえ。別に、そんな」

それじゃはじめますので。そう言って、ムタさんは母ちゃんと二人でエクササイズ機に向かった。母ちゃんは今のところ、足の筋力をつけることと歩行距離を伸ばすの二本立てでトレーニングをしてる。

もはや悲壮感のなくなったリハビリは、ぼんやり見ていると相撲《すもう》部の練習にしか思えない。鼻息ふんふんの母ちゃんと、それを支えるムタさん。あ、レスリング部の間違いだったような。


「武藤さんは、いいね」

家に戻った母ちゃんは、再び日本茶をすすりながらうなずく。

「指示がわかりやすくて、安定感がある。新人にしては、いいよ」

「なるほどねえ」

七年もやってりゃ、担当の人だって何回も代わる。そんな母ちゃんが言うんだから、本当のことなんだろう。それにあのガタイで安定感がなかったら、それはそれで問題っていうか。

「あんた、選ぶならああいう子にしなさいよ」

「はあっ⁉」

思わず噴《ふ》いたね。ていうか、貨物列車みたいな母ちゃんだけでも腹一杯なのに、重戦車みたいなヒトとつきあったら、オレどうなの。物理的に、重たい女率高すぎでしょ。

「ところで夕飯だけど、何がいい」

「別になんでもいいよ」

「じゃあピザでもとろうか」

目の前に、デリバリーのメニューをばさりと広げられる。

「息子に手料理を作ってやろうとか、思わないんデスカネー」

「それなら『ナンデモイイデース』とか言わないことだね」

「ひでえなー」

オレはぶつぶつと文句を言いながらも、トッピングの選択にかかった。母ちゃんは、こういうとこホントに神経が太い。おせちを教えてもらった根岸《ねぎし》さんちのおばーちゃんだったら、どんなに疲れてても自分で作ったメシを出すだろうなあ。

しかも、唯一出してくれたのが今朝の残りの味噌汁ときたら。

「イタリア人、マジ激怒しそうじゃね」

「ばれなきゃいいのよ」

そのあと父ちゃんが帰ってきて、やっぱりその組み合わせに首をひねっていた。

＊

次の月に会っても、ムタさんは大きかった。それはデブっていうんじゃなくて、大木みたいな感じ。女にしては喋らなくて、声が低めだから、余計に落ち着いて見えるわけ。オレと真逆ね。

「武藤さん、よかったらこれ、もらってくれない」

リハビリのはじめに、母ちゃんが例の花を差し出す。

「え。どうされたんですか、このお花」

「うち、お花には不自由しないのよ」

とかいって、実はただ単に花を処分したいだけなんだ。だって例の花は、捨てられないし、かといって枯れるまで待つのも嫌だから、人にあげてしまうことが多い。

花は花だよ。そんなこと、わかってる。

でも玄関先で静かにしてる花を見ると、どうしたって思い出す。死んじゃったおっさんと、その奥さんのこと。大東家はもう、前を向いて歩きたいのに。後ろ向きになるチャンスなんて、もういくらでもあった。たとえば外出。

「申し訳ありませんが、当店はバリアフリーではないので」

「車椅子用のトイレがないんですよ」

「事前に連絡してくれないと、困るんですよ」

オレたちは、こんな台詞《せりふ》をもう何回聞いただろう。正直、断られることに慣れちゃったね。だから今、オレ、どういう『お断り』受けても結構へイキよ。母ちゃん並みにメンタル強くなっちゃった。

ただね、逆に、断るのが嫌いになったんだよね。母ちゃんも父ちゃんもそう。だから花も断れない。オレに至っては、バイト先での無茶ぶりみたいなクレームですら断れない。なんだかね、ヘン。

「ありがとうございます」

ムタさんは、静かな声と大きな手で花を受け取った。

母ちゃんは、嬉しそうに笑う。「ありがとう」って言われることが、嬉しいんだ。だっていつもは自分が「ありがとう」って言ってばっかりだから。

席を譲ってもらって「ありがとう」。

ドアを開けてもらって「ありがとう」。

エレベーターを待っててもらって「ありがとう」。

それに「すみません」をくっつければ、もう完璧。身体の不自由なヒトにとっては、言い過ぎてうんざりしてるコンビネーションだと思う。

「もうさ、『ありがとう。すみません』って板に書いて、首からぶら下げときたいね」

オレも、マジそう思う。つきそいだって同じ言葉を繰り返すだけだし。

ヒトの親切は嬉しい。車椅子だった頃は、雨の日にドア開けててもらうだけですっげー助かった。だからすっげー感謝してる。でも、それとこれとは別モンってハナシ。

その二言を言いたくなくて、家から出なくなる。後ろ向きになるチャンスは、もうホントにどこにでもあるってこと。

あ、ついでに言うと貨物列車みたいな茶色いおばさんに手を貸してくれるヒトは、それだけで善人認定ね。見てたらわかるよ。オレだって、年寄りや子供が困ってたら、すぐ気づくし助けると思う。でも車椅子も卒業した地味なおばさんがひっそり困ってても、視界に入んないから。差別とかじゃなく、見えてないんだよ。しかも母ちゃんは「助けて」オーラがゼロのタイプだから、余計に気づかれない。だけど、それでもうちは全然いい方。だって、母ちゃんが頑張ればなんとかなったから。最初のリハビリ室には、どうやっても「なんとかならない」人がたくさんいて、部屋自体がどんよりしてた。もうさ、そういうのを見て心の底から思ったわけ。

これでも、苦労は買えとか言うのかって。

「でもさ、そのわりにお前って適当よな」

その頃を知ってるトモダチには、よく言われる。まあね。ホントはさ、こういう経験をしたから医者になります、とかとにかく働いて親に楽をさせます、とかなりそうだもんね。いや、思うことぐらいはあったけどさ、アタマよくなかったし。ま、唯一やったのは免許をとったことくらいかな。でも便利そうと言いつつ、カッコつけて四駆買って失敗したけど。

とりあえず、バイトから就職できたらいいなとは思ってる。だって今の職場は、なんかいい感じだから。まあ沖田さんみたいなのが理想だけど、オレ、あんなカッコよくないし、どうなるかね。

＊

また次の月が来て、ムタさんは花を受け取る。嬉しそうに。

「私、こんな見た目ですけど、きれいなものや可愛いものが好きなんです」

ごつい指で、大切そうに花を扱う。そしてその指が、母ちゃんの背中を力強く支える。

オレはそれを見て、なんかちょっと泣きそうになる。でも、それと同時にものすごい疑問符が頭の上に浮かんだ。

きれいだ、なんて思うのは、なんでかね⁇

たぶんだけど、不幸になるのは簡単だ。悲しくなる理由なんて、いっくらでも見つけられる。

たとえばオレだったら、カノジョいなくて、学歴なくて、就職してなくて、親がリハビリ行ってて、兄ちゃんはよくできてる、みたいな。でもさ、カノジョいなくて学歴がなくても、仕事があって稼いでるし、母ちゃんのリハビリは終わる。兄ちゃんはフツーに兄ちゃんだし、オレはオレ。

健康でメシが食えて、旅行にも行ける。それ、どこが不幸なん？「ココロの穴」とか言い出したら、もうキリがないっしょ。

だからさ、甘くていいじゃん。ゆるふわでいいじゃん。バカみたいに明るい方がつか見てたっていいじゃん。あえて悲しいことや苦しいことなんて、いらないし。

そんなわけで。

「あのう、これ、うまいっすよ」

オレはムタさんにシュークリームを差し出す。超特大の、甘いやつ。

03
Holiday
In
*
Tsukasa
Sakaki
雪夜の朝

目の前に、シュークリームが差し出された。でもそれはぼってりと大きいものじゃなくて、一口サイズの上品なもの。

「ね。あーん、して?」

素直に口を開けて、薄く目を閉じる。これは、キスの前の顔に似てる。

本当のキスより、こういうのが好きなんだよね。だからお返しに、こっちも「あーん、して?」って言ってあげよう。そして同じように目を閉じたら、指でそっと唇を撫でてあげる。

「――もう、雪夜《ゆきや》ったら」

思いっきり、濡れた瞳。わかりやすいのは、嫌いじゃないよ。

「可愛いね」

基本的に、嘘はつかない。女性は嘘に敏感だ。だから嘘じゃない部分を口にする。

見た目に問題があっても、褒《ほ》められる部分なんて山ほどある。態度、香り、顔以外の部分、言葉づかい、年齢とのギャップ、仕事。

「恥じらう姿って、すごく好きなんだ」

推定体重八十キロ。ファッションセンスは皆無で、メイクや髪のメンテナンスもおざなり。香水は吐きそうなほどキツくて、そのくせ喋りは幼稚。でも、生まれ持ったものなのか肌は綺麗だ。そして恥じらう姿の中に、少女を感じる。

確か、漫画家と聞いた気がする。だから王子様系が好きなのか。

「やだ。そゆこと、言わないで」

別に彼女にする必要はない。お金をいただいた分だけ、相応のサービスをする。だから、いくらでも褒められる。褒められない人物など、いない。実に簡単な仕事だ。

「ね。今度デートしよ?」

しなだれかかってきた身体を優しく撫でながら、静かに首を横に振る。

「だめだよ」

「どうして?」

「ここで、たまに会うからいいんだ。いつでもどこでも会えるようになると、ただの日常になる」

「あたし、雪夜の日常になりたい」

残念さ五十。断られた苛立《いらだ》ち三十。残りの二十は、純粋な疑問。「だってホストって、店外で稼ぐのがメインなんじゃないの？」みたいな。

それはまあ、当たってる。店外で貰《もら》うお金はさっ引かれないし、税金もかからない。だから荒稼ぎしたい奴は、自然とそっちがメインになる。デートを重ね、相手を「彼女」と呼び、店内でも店外でもじゃんじゃんお金を使わせて、お金がなくなったら水商売の風呂に沈めて、さらにお金をむしり取る。

でも、自分に限って言えばそれは向いていないし、無駄な気がする。お金は、店の中で気持ちよく使ってくれればいい。そのためのサービスは、惜しまない。そういう価値観が一致しているから、ジャスミンのもとに長くいられるんだと思う。

「日常なんて、いまの僕らに必要かな？」

きつい香水の匂いに、うっとりと目を細めてみせる。

「そうね。必要ないわ」

そう。必要ない。君は誰かを、本質的には必要としていない。涙が出なくなるほど泣いて、喉がかれるまで声を上げて、足が血まみれになるほど歩いてまで、誰かを必要とはしていない。

ただ自分の好みの相手に、気持ちよくさせて欲しいだけ。そしてあわよくば、実生活でも彼氏みたいに振る舞ってくれる男が欲しいと思ってるだけ。つまり君は、ホストクラブという場所をよくわかってるお客様。

だから、つきあわないよ。

自分のことをそこそこわかってて、そこそこわりきれてる君。使えるお金の勘定くらいできてる君。君に、僕は必要ない。

「雪夜、だいすき」

「僕もだよ」

「――あたしの、王子様」

ぱつんぱつんに張った頬を撫でながら、耳元に囁く。耳は、太らない。

「僕の、王女様」

簡単な、仕事だろう？

また目の前に、シュークリームが差し出される。でも今度は、不格好なほど巨大なやつ。心の中で顔をしかめていると、手を摑まれてぽんと載せられた。

「おいしいよ」

満面の笑みを浮かべる女の子。彼女に微笑み返しながら、手の上の菓子を捨ててしまいたい衝動に駆られる。

本当は、甘いものなんて好きじゃない。別になくてもかまわないと思ってる。つきあいでは口にするけど、自分ひとりだったら絶対に買わない。

「ね。食べると、幸せな気分になるよ」

そう。こういうところが、嫌なんだ。ただの食べ物のくせに、思想的。イメージの押し売り。そもそも『幸せ』って、こんなに一元的なものか？

しょうがないので、口に運ぶ。

「本当だ。おいしいね」

君は前から、こういうものを『幸せ』だと呼んでいた。それは、イベントと似ている。甘いものは、幸せ。クリスマスは幸せ。お正月は幸せ。だからこそ、それを一人で味わうことに耐えられなかった。

無意味な空虚感をあおるだけの、実体のない『幸せ』。僕は、そんなもの信じないし、いらない。

「よかったあ！」

両手を組み合わせて、笑う君。

ねえ。僕は君を、地獄に堕《お》とそうとしたことがあるんだよ。

*

どうしても埋められない、風穴のようなものが心の中にある。誰とどれくらい一緒にいても、それはおそらく埋まることがない、底なしの穴。

そのことに、いち早く気づいたのはやはりジャスミンだった。

「あんたは――本当に水商売に向いてるのねえ」

ため息をつきながら指摘されて、最初はむっとした。否定もした。けれど、最終的には理解されたという安心感が勝った。

「寂しがり屋ですから。同病相憐《あいあわ》れんでるだけですよ」

「まあねえ。それも一つの武器だけど」

水商売の客は、寂しがり屋が多い。だからその気持ちがわかるぶん、心をつかみやすい。

「あなただって、寂しがり屋でしょう」

そう言うと、ジャスミンは真っ赤な唇を軽く歪《ゆが》めた。

「少数派のセクシャリティを選んだ時点で、そこは詰んでるわよ」

「でも、愛したがりだ」

「どんなに愛を貰っても満ち足りない餓鬼よりはマシよ」

それとも、口を開けっ放しのヒナかしらね？　ジャスミンの指摘に、今度はこちらがむっとする。

「満ち足りたら、この商売は終わりでしょう」

「ふん。ローマの貴族みたいに、吐いてるんじゃない？　贅沢な趣味よね」

「まあ、食うには困りませんけど」

ジャスミンと自分は、少し似ている。それはたとえば、そこそこ裕福な家に育ったところや、期待を背負った長男だったりしたところ。さらに言うなら、期待に応えられるだけのスペックを持っていたのに、それを放棄しているところも。

「嫌みすぎて、逆に笑えるわ」

煙草の煙を細くたなびかせて、ジャスミンはつぶやく。

「でも、一緒に沈むのだけはやめてちょうだいね。この店にいるのは、あたしのお客様なんだから」

言われて、ぎくりとした。実はそれが、目標だったから。

店外では極力会わない。でも、会うとなったらとことんつきあう。その人の穴が見えるまで。

「クリスマスって、死にたくなる」

あの頃、高級なシャンパーニュをソーダ水みたいにごくごく飲み干して、君は笑っていた。笑いながら、泣いていた。泣きながら、両手を虚空《こくう》に伸ばし続けていた。

君には、深い深い穴が空いていた。そこが、気に入った。

「いつでも、どこでも呼び出していいよ。僕はいつでも、そばにいるから」

徹底的に甘やかして、言って欲しい台詞は全部言おう。そしてすべてを尽くしても、君の穴が埋まらなかったら——。

一緒に、堕ちよう。堕ちる間だけでも、一緒にいよう。

今でも、つい昨日のことのように思い出す。アルコールの匂いをぷんぷんさせて、僕に支えられなければ立っていられなかった君。吐いたものが髪についたまま、次のバーへと足を運ぶ君。休日なんて、大嫌いと言っていた君。

誰でもいい。誰かそばにいて。そう、叫び続けていた君。寂しさを埋めてくれるなら、どうなってもいい。そんな君が、好きだった。とても、好きだった。

なのに。

「ん？　なに？」

カスタードクリームを頬につけたまま、君は首を傾げる。以前の関係だったら、迷わず指ですくいとっていただろう。

「なんでもないよ。仕事、楽しそうだね」

「うん！　すっごく楽しい！」

「お休みとか、ちゃんと取ってる？」

「うん。でも最近、すごいことに気づいちゃった」

君はちょっと声をひそめるようにして、僕に囁く。

「お休みも、楽しいの。信じられない」

日曜の昼が大嫌いだと言っていた君。幸せそうな家族連れを見ると、死にたくなると言っていた君。

「そっか。よかったね」

僕は今でも、日曜の昼が大嫌いだよ。

失恋、ではない。ただ、置いていかれた、という気分だけがある。

僕だけがまだ、細い蜘蛛《くも》の糸を見つめながら地獄にいる。

＊

夕方。早めに店に着くと、バックヤードの方から声がかかった。

「すんません、誰かハンコ下さーい」

今月入った新人はちょうどトイレの掃除中らしく、出てくる気配もない。

「お待たせ」

バックヤードに顔を出すと、酒屋のかっちゃんが台車を片手に伝票をめくっていた。

「あ、雪夜さん。久しぶりだなあ」

「だねえ。元気？　っていうか、毎日気配は感じてるんだけど」

「こっちも気配は感じてますよ。ま、入口のランキングでもですけど」

かっちゃんは、てきぱきとワイン箱を下ろしては所定の位置に収める。『酒の勝安』は、『クラブ・ジャスミン』開店当初からのつきあいだ。

「まあまあ、食わせてもらってるよ」

そう言うと、かっちゃんは僕の背中をどんと叩く。酒屋で鍛えているせいか、その衝撃は呼吸器にまで響く。

「またまたあ。すんごい稼いでるくせに！」

かっちゃんは、酒屋の二代目。歳はたぶん、僕とそう変わらない。

「いや本当だって。僕は店外デートとかしないから。稼ぎは純粋にこの店での売上げだけだし」

ごほごほとむせながら、高価な酒の瓶を確認する。

「だってもう何年？　俺と雪夜さん、ちょうど同じ頃のスタートじゃん。雪夜さんより下の奴とか、もう店持ってんでしょ？」

「そうだけどね」

僕がこの店に入った頃、かっちゃんは親父さんの後を継いで酒屋になった。とはいえ僕は違う店からの移籍だし、かっちゃんは会社員を辞めてからのことだから、お互いリスタートといったところなんだけど。

「雪夜さんは、自分の店持ったりしないの」

「経営者とか、向いてないんだよね」

「でもさあ、ホストはずっとできないでしょ?」

ミネラルウォーターの箱をどすんと置いて、かっちゃんがこっちを見た。

「経営に回るか、異業種に転職するか。年齢的に、決めないとヤバくない?」

「ヤバいよね。まあ、貯金はしてるから、いざとなったらカフェでもやるかな」

「カフェって」

せめてバーとかにしなよ。笑いながら、かっちゃんは伝票を差し出す。

「うまいね。さすが二代目は、隙がない」

「なに言ってんの。喫茶は喫茶で、縄張りがあるんだって。俺、雪夜さんとはずっとつきあいたいからさ」

近いうち、また飲もうよ。マジで。伝票を受け取ると、かっちゃんは空き瓶の箱を台車に載せる。ががらと去っていく後ろ姿を見送っていると、押《お》っ取《と》り刀で新人が顔を出した。

「あ、すんませんした! 自分が受けなきゃいけなかったのに!」

髪を脱色したての、小僧。小ネズミみたいな感じは、嫌いじゃない。

「いいよ、別に。かっちゃんとは馴染《なじ》みだから、久しぶりに話せて嬉しかったし」

「あー。出てくれたのが雪夜さんで、よかった!」

子供のような顔で、笑う。

＊

そういえば、子供がお菓子を食べてるのは好きだ。それはたぶん、甘いものに余計なエクスキューズが付着していないせいだと思う。

「はい」

手渡されたクッキーを、躊躇《ちゅうちょ》なく口に入れる。

「ねー、雪夜さんってカノジョいないの？」

「コウタ、失礼だよ」

「いいじゃん、聞くくらい」

ぼりぼりとクッキーを齧《かじ》るガキ。その隣で、きちんと正座をしている進くんは、僕のメル友だ。

「今は、いないよ」

「そうなんだあ。でもやっぱ、モテるんでしょ？」

「お仕事的には、ね。でも実際はどうかな」

うおー、俺もモテたい！　そう叫ぶガキをいなしながら、進くんは紅茶のおかわりを注いでくれる。

「雪夜さんだったら、絶対モテるよね。ちゃんとしてるもん」

「ありがとう。でも部屋は、あんまり綺麗じゃないよ」

「汚いのと綺麗じゃないのは、大違いだよ」

部屋の隅に積み上げられた洋服の山を見て、進くんが顔をしかめる。

「まったく、もう」

犬のようなあいつと、進くん。それにだらけたカンガルーのようなコウタ。ここには、光しか感じない。


「ねえヤマト、ちょっと死んでみない？　あ、失踪でもいいんだけどさ」

豪華発泡酒つきの晩ご飯を食べながら、ふとたずねてみた。

「はあっ⁉」

んだよそれ、喧嘩売ってんのかよ。ヤマトが、年季の入ったメンチを切ってくる。

「いやあ、なんか進くん欲しいなって思ってさ」

「なんだそれ。やらねえぞ」

「わかってるって。だから言ってみただけ」

横で、進くんがハラハラした顔をしている。

「ごめんね。なんか、『家庭』って感じがうらやましくって」

「大丈夫です。でも、雪夜さんならすぐにでも結婚できるんじゃないですか?」

「うーん、どうかな」

結婚は、したくない。もしどうしてもというなら、子供ができてなし崩しに、というのがいい。だからヤマトと進くんの関係は、僕から見れば一種理想の状態なのだけど。

「なんかわかんねえけど、煮詰まってんのか」

「まあね」

山盛りのカレーライスを、ヤマトは迷いなく平らげる。単純で、まっすぐで、明るい。それがいい。

「そうだ。バッティングセンターでも行くか?」

スプーンを放り出して、身を乗り出す。

「いや、いいよ」

「カラダ動かすと、スカッとするぜ」

「この後、ちょっと店に顔出さなきゃいけないから」

進くんにごちそうさまを言って、僕は『家庭』を後にした。

ぶらぶらと、夜の街を歩く。ネオンに、呼び込み。排気口から吹き出してくる、煙草と食べ物の匂い。ここはうさんくさくて汚くて、とてつもなく綺麗な場所。

「お待たせしました」

店に顔を出すと、グループ客のテーブルから歓声が上がる。

「この子。この子が雪夜よ。ずーっと前から、私は彼だけなの」

馴染みのマダムが、嬉しそうにこちらを見上げた。

「僕も、あなただけですよ。そのために駆けつけたんですから」

肩に手を置きながら答えると、マダムは頰を赤らめる。

「ね？　本当に、王子様でしょう？」

「そうね。くやしいけど、反論できないわ」

グループの客が、それぞれにうなずいた。

「息子と同じくらいの歳なのに、この違いは何なのかしら」

「顔でしょ、顔」

「何よ失礼ね。息子は、見た目は悪くないわよ。ただ中身がちょっと」

「ちょっと何？」

マダムたちが楽しそうに騒ぐ中、そっと席を立つ。その瞬間、件《くだん》のマダムが僕の手を握った。かさりとした感触。

「わざわざ呼びつけてごめんなさいね。ただ、こちらに来るのが久しぶりだったから」

「いいえ、近くにいたので。気になさらないで下さい」

つないだままの片手に、もう片方の手も重ねる。

「お会いできて、本当に嬉しかった」

瞳の奥を覗くように、見つめた。このマダムは、客としての振る舞いが美しい。

バックヤードで和紙を開くと、十万円が出て来た。これはちょっとサービスが足りなかったかもと思い、ホール係にソルベを出すように頼んだ。

再びテーブルに顔を出し、マダムの名前でグループの皆に振る舞う。

「淡雪のような逢瀬《おうせ》に、乾杯」

シャンパングラスに盛りつけられたソルベは、心ばかりのお礼。マダムとグラスを合わせ、微笑んでから再び下がった。

さて、今日はこれ以上用事もないしどうしよう。店に出てもいいけど、時間的に半端《はんぱ》だ。そこに、かっちゃんが顔を出した。

「あれ？　雪夜さん、どうしたの」

「急に呼ばれてね。ていうかそっちこそ、納品の時間はとっくに過ぎてるよね」

見るとかっちゃんは、いつもの台車ではなく、手に洋酒の箱を持っている。

「ジャスミンさんから珍しい瓶の問い合わせがあってさ。で、偶然店にあったから」

「それはご苦労さま」

伝票にサインして、箱をホール係に渡した。

「雪夜さん。仕事、もう終わり？」

「ああ。ちょっと、行く？」

かっちゃんがうなずいたので、僕らは揃って裏口から外に出る。

＊

かっちゃんと飲むのは、久しぶりだ。

行くのは、この街の外れにある二十四時間営業の四川《しせん》料理屋。お洒落な店だと女性客が多くて客と会ってしまうおそれがあるし、安くてうまい店は商店会の連中と鉢合わせすることがある。けれど四川料理は、汗でメイクが崩れる上に好みが分かれるから、お互い安心して話ができる。

中国人のおばちゃんに声をかけ、奥の小上がりに陣取った。紹興酒《しょうこうしゅ》とチェイサーにジャスミン茶を頼んで、適当につまみも入れる。

「ハチノスと大根の煮込みと、いんげんの辛み炒め。セロリとうどの花椒和《あ》え。あとは？」

「それでいいよ。足りなくなったら、また頼もう」

野菜のメニューが多めになるのは、お互い不摂生を感じているから。ホストの自分はともかくとして、かっちゃんは普段のランチがほぼ牛丼の上、実家で扱う商品の味見に余念がない。

「んで、実際のとこ、どう？」

「どうって、何が？」

「いやあ、将来的な、展望みたいな」

いんげんをつまみながら、紹興酒を一口。辛い味噌の味が、あとをひく。

「正直、何もないね。どっちへ進んでもいいような気がするし」

「雪夜さん、選べる方に立ってるからなあ」

こういう話題になると、必ず言われる。恵まれてる。選べる。何にでもなれる。でもそれって本当だろうか。

「かっちゃんは、選べない?」

「家業を蹴るのも、考えたんだけどさ。まあ俺、酒好きじゃん? 結局は酒絡《がら》みの仕事しそうって思ったら、これでいいかなって」

「向いてると思うよ。つきあいもうまいし」

かっちゃんは、会社員時代に営業を経験してはいないという。けれど店に顔を出すタイミングや、声のかけ方なんかがすごくうまい。

「そんなもんかな」

「二代目とは思えないね。それが原因で潰れる人も多いのに」

個人商店や自営業の跡継ぎは、好きこのんでその職種につくわけじゃない。だからその「嫌々」感が、透けて見えてしまう人がいる。それが相手に伝わってしまうと、自然に仕事は減っていく。誰だって、嫌々やっている奴とつきあいたくなんかないから。

「いやそれはやっぱ、ほら。親父は嫌いでも酒は好きだから」

「またまた。お父さん、泣くよ」

「でもさ、ホントのところ、ヤバいと思うときはあるんだよね」

ネットショップに負けそうでさ、とかっちゃんはつぶやく。

「ああいうの、安いじゃん。しかも送料無料で届けてくれてさ。そしたら俺たち、何すればいいの」

確かに、最近では水商売でも酒屋とつきあいの薄い店がある。そういう店はかっちゃんの言うようにネット通販を使ったり、アウトレットで箱買いしてコストを抑えているのだという。

「まあさ。そういう中で、ジャスミンさんとこはありがたいよね。仁義、守ってくれるっていうか」

「あの人自身、不動産屋もやってるからね。つきあいの大切さはわかってるよ」

別にマニュアルがあるわけじゃない。でもなんとなく、近くだったらその店からしか買わないとか、ネットで買う前に値下げの相談をしてみるとか、そういうことをジャスミンは守ってる。

それは面倒で、コストだけで言えば底値ではない。でも、だからこそ今日みたいな急な事態にも対応してもらえるわけだ。

「商売的なつきあいって、いいよね」

ぽつりともらすと、かっちゃんが首を傾げる。

「なにそれ」

「利益と人情を、天秤《てんびん》にかけても誰にも怒られない。全部がこういう方法でいけたら、楽なんだけど」

花椒のついたうどをしゃりっと嚙むと、香りと共にしびれがやってくる。

「それ、つまり商売じゃないつきあいは苦手、って聞こえるけど」

「そんなとこ。信じるとか信じないとか、裏切るとか裏切らないとか、愛してるとか愛してないとか、なんか考えると疲れちゃって」

びりびりと口内を蹂躙《じゅうりん》され、つかの間黙る。かっちゃんは、静かに紹興酒のおかわりを注いでくれた。

「雪夜さんさあ」

「ん?」

「考えすぎなんじゃない?」

まあ、それもよく言われる。僕は、黙って紹興酒を口に含んだ。

「考えてからつきあうだけじゃないっしょ。なんとなくつきあいながら、変わってくっていうかさ。それ、商売でも実生活でも同じだよ」

「そんなもんかな」

「夜の仕事の人ってさ、たまにそうなるよね。メインの仕事が人とつきあうことだから、煮詰まっちゃうんだろうな」

それは当たってる。特にホストは、客との関係が密な接客業だから、余計にそうなのかもしれない。

「まあね。たまに同僚に、お前は出家してるのかって言われるよ。孤独とか愛とかそういうの、突き詰めすぎるから」

ふうん、とかっちゃんはうなずく。

「でもやっぱ、うらやましいわ。だって雪夜さん、経営とかもちゃんと考えられるのに、愛だの恋だの真剣に考えてんだから。それって、余力があるってことだよ」

「正直に暇人って言えば？」

軽く笑いあったところで、電話がかかってきた。客からだ。店の外に出て、明日の約束を確認したところで店内に戻る。そして何気なく入口近くの席を見て、驚いた。彼女だ。

＊

推定体重八十キロの彼女は、一人で鶏肉と唐辛子の炒め物を食べていた。横にはビール。でもそれじゃ辛さをどうにもできないんだろう。ものすごい量の汗をかいている。

メイクも顔もぐっちゃぐちゃ。その上背中と脇の下に汗染《あせじ》みがひどい。見てはいけないところを見てしまったようで、黙ってその場を通り過ぎようとした。すると、彼女が顔を上げる。

しょうがないので、にっこりと微笑んで挨拶。

「こんばんは。意外なところで会うね」

きっと彼女は今、ものすごく恥ずかしいだろう。そう考えて、できるだけ当たり障りのない流れにしようと思った。

「辛い物って、デトックス効果があるらしいね。だから、肌が綺麗なのかな」

けれど彼女は、恥じらうそぶりも見せずにこちらをじっと見上げる。

「声、聞こえてたんだよ、雪夜。なのに通り過ぎようとしたでしょ」

何だそれ。ここは店じゃないんだよ。心の中で、舌打ちをする。

「邪魔しちゃいけないかな、と思ってね」

「見てわかんない？　一人。邪魔も何もないから」

彼女の態度に、少しむっとする。えらそうだな。汗まみれのくせに。

「ついでに言うと、さっきからハナシ、ちょいちょい聞こえてたよ」

辛さのせいか荒い息を吐きながら、彼女がじろりと見る。聞かれてまずいことは言ってなかったと思うけど、あえて指摘されるのは不快だ。

「そういうことは――」

あんまり言わない方がいいよ。優しく諭《さと》そうとしたら、途中で言葉を遮られる。

「雪夜ってさ、コドモなんだね」

「え？」

「信じるとか信じないとか、現実のことがぜんぶ割り切れるわけないじゃん。いいか悪いかを決める学級委員みたい」

「なんで」

なんでお前に、そんなこと言われなきゃならないんだよ。思わず口から出そうになって、必死に抑え込む。

「しかもそういうこと、ずっと考えてるってヒマ過ぎ。ていうかあたしさ、お坊さんとか神父さんが基本男ばっかなのって、ヒマな凝り性が多いからだと思う」

むかつきながらも、笑顔を作った。最低限のマナー。不快な気分の防波堤。

「――男は皆、ヒマな凝り性なのかもね」

「うん、そう思うよ。特に生活に困ってない、雪夜みたいなのはね」

だって王子様って、生活感いらないでしょ。そう言われて、頭にかっと血が上った。そしてそれが顔に出たのか、彼女が怪訝《けげん》そうな表情をする。

「怒った？」

「いや」

「そういうとこ、プライド魔人だよね」

「はあ？」

とっさに、声が出てしまった。すると彼女は、にやりと笑う。

「雪夜はいつも、『カッコいい僕』に縛られて、大変そう。もっと楽になればいいのに」

ムカつくムカつくムカつく。それでつい、言い返してしまった。

「君みたいに、色々気にしないでいられたら楽だろうね」

一瞬、彼女がきょとんとした顔をする。まずい、泣くかな。そう思っていたら、彼女は声を上げて笑った。

「うん。楽だよ。特にこれ食べると、楽になる。色々簡単に放り出せる感じ」

唐辛子が山盛りになった皿を指して、得意げに笑う。

「でもかなり辛いから、雪夜には無理かなあ」

「辛いのには強いよ」

挑発にのるわけじゃないけど、店のおばさんに声をかけて、これと同じものを、と頼む。そして思い返して、これよりももっと辛く、と告げた。

「ふふ。負けず嫌いのコドモだね」

「だからなんだよ」

にやにや笑う女に背を向けて、席に戻る。

離れてやりとりを見ていたかっちゃんが、声をひそめて言った。

「珍しいね、雪夜さんがああいうの」

「うん、まあ、ちょっとね。やなこと言われたから」

「なにそれ」

「僕はコドモで、『カッコいい僕』に縛られてるんだってさ」

それを聞いたかっちゃんは、ぶっと噴き出して笑う。

「すげえ。雪夜さんにそれ言う奴、いるんだ」

おい。それは言葉をかえて「大当たり」って言ってるだろ。またしてもむっとしたが、ちょうどそこに料理が運ばれてきたので、僕は箸を取り上げた。

「なにこれ。めっちゃ辛そう。二人で食べきれるかな?」

「かっちゃんにはあげないよ。これは、僕が一人で食べるんだ」

「なにその罰ゲーム的な感じ」

まあ頑張って。そう言ってのんびり紹興酒をすするかっちゃんの前で、まずは一口。

甘い。最初はそう思った。唐辛子の甘みと旨味が先に立って、すごくおいしい。けれどそのおいしさは、コンマ五秒で痛みに変換される。痛い痛い痛い。でもうまい。

鼻の下に汗をかきはじめたと思ったら、鼻水が大量に出てきてびっくりした。次に頭皮から汗が流れ出して、コントみたいにたらたら顔を濡らす。

「……大丈夫？」

かっちゃんに無言でうなずき返し、もくもくと箸を動かす。辛い痛いうまい。うまい痛い辛い。だんだん、頭のどこかが痺れたようになってきた。

「――辛くてムカつく」

「え？」

「ムカつくんだよ、こいつ」

唐辛子まみれの鶏肉を、口一杯に頬張る。涙が嘘みたいにぼろぼろこぼれる。

「畜生」

意地でも飲み物には手を伸ばさず、食べ続けた。畜生、畜生、畜生。

一皿を食べ終わって、どうだとばかりに入口の方を振り向く。しかし、彼女はそこにいなかった。

＊

身体中の穴がひりひりと痛くて、目が覚めた。

時計を見ると、朝の八時。こんな時間に起きるのは、本当に久しぶりだ。それをかっちゃんにメールしたら、爆笑マークの絵文字が返ってきたので速攻消した。でも不思議と、気分は悪くない。

水をごくごくと飲んで、遮光カーテンを開けた。明るい、そして暖かい。日射しを浴びながら、ぼんやりと彼女のことを思う。

ムカつく女だったな。でも。

でもあれを食べきったって言ってやりたいから、もう一度指名してほしい。いや、しろ。

04
Holiday
In
Tsukasa
Sakaki
ナナの好きなくちびる

　ふふ。もうすぐ朝だね。ん？　だいじょうぶ、眠くないよ。そっちは？

　ふうん。朝が苦手なんだあ。なんかそれってホストみたいだね？

　そういえば、こういうのって久しぶり。高校生のときとか、よくやったなあ。ファミレスでドリンクバー頼んで、友達と朝までねばるの。最後の方はもう、お腹たぷたぷで、トイレばっか行ってたよ。

　え？　何やってたって？　別に、何も。今みたいに、ただお喋りしてただけ。それを、週二くらいでやってた。人数？　そうだなあ、多いときは六人くらいいたけど、ほとんどは二人だったよ。うん、二人っていうか、あたしともう一人。

　そう。女の子。名前はね、マキちゃん。中学生のときからの、友達。

　喋ることはね、いっぱいあったよ。一晩中喋っても、全然、飽きなかった。中でも楽しかったのは、将来の夢。二人で住めたらいいねって、話してた。

あたしね、中学で産まれたんだ。

なにそれ、って言わないんだね。ふふ、珍しい。

あ、場所のハナシじゃないよ？　笑ったね。そうそう、歩いてたお母さんがお腹を押さえて「うっ！」ってなったのが中学校、みたいなことじゃないの。

ホント言うと、中学生より前のこと、あんまり覚えてないだけ。生きてたよ？　でも、生きてただけ。食べて寝て起きて学校行って、それだけ。習い事いっぱい行ってたから、近所に友達もいなかったし、習い事先でもそういう感じじゃなかったんだよね。

毎日、お母さんに手を引っ張られて、どっかに連れて行かれた。でもお母さんはあたしを誰かに渡すと、すぐにどっかへ行っちゃったから、お母さんと一緒にいたっていう記憶もないの。

お父さん？　お父さんはねえ、いたっけ？　みたいな感じ。あはは、しっつれいだよねえ。一緒に住んでた、フツーの家族なのに。

でも、ホントにいなかった。夜は遅くて朝が早いから、小さい頃は会えなかったんだよね。でもって中学から高校にかけては、あたしのこと見たくなかったみたい。

だから、そこにいたんだけど、いないみたいなカンジだったの。

うん、まあね。あたし、甘えたがりなのね。でもお母さんもお父さんも、甘えたがりは好きじゃなかったみたい。だから、うまくいかなかったの。

それでも、小さい頃は小さいから、許してもらえてた。けど、大きくなったら、許せなくなったんだと思う。だから、なんとなく家にいるのがつらくなったの。おじいちゃんやおばあちゃん？　いたけど、どっちも遠かった。お正月くらいしか会わないから、頼るとか甘えるって感じじゃなかったかも。

それにあたし、中一で背がけっこう高かったの。だから、お洋服と髪型によっては高校生や、下手したら大学生に見えたんだよ。ん？　それがどうつながるのかって？

簡単だよ。外に、いやすくなるの。

マックとかに長い時間いても、「おうちの人は？」なんて聞かれない。暗くなっても「早く家に帰りなさい」とか言われない。

自由だなあ、って思った。

大人ってみんな、こんな自由なのかって思ったよ。それでしばらくは、一人で遊んでた。

でも、友達の作り方を知らなかったから、それがつまんなかった。同い年くらいの子が、仲間同士でずっとお喋りしてるのを、楽しそうだなあってずっと横目で見てた。

学校もねえ。小学校から大学までずーっといっしょのとこだったから、なんかメンバー決まっちゃうと入りにくかった。一応、中学でまた入ってくる子もいたんだけど、やっぱりうまくいかなかった。

——ううん？　ハブられてたわけじゃないよ。いじめとかもない。ただ、友達ができなかっただけ。

でも、ある日突然、マキちゃんがあたしに声をかけてきた。確か、六月くらいだったと思う。夏前の、なんか夜がもわっとしはじめた頃。

「ねえ。昨日の夜、駅前のドトールにいたでしょ」

最初の言葉、今も覚えてる。

うん。なんてことない言葉だよね。でも、大切なの。

あたしにとってはね。

マキちゃんは、中学で入ってきた子だった。だから同じクラスでも、顔を知ってるってだけで、性格とかは知らなかったの。

見た目は、フツー寄り。ボブの黒髪で、こっそりピアスの穴開けてて、メイクもしないわけじゃない、そんな感じ。制服もそこまで着崩してないし、私服はきっと可愛いんだろうなってくらい。

ただ、目が強かった。ぎゅっと見るっていうのかな。すごく力のある感じがした。いつもぼんやりしてるあたしとは、絶対に違うタイプ。

「うん、いたよ。でもなんで知ってるの？」

先生に言いつける感じはしなかったから、素直に答えたの。そしたらマキちゃんは、あたしに顔を近づけて、にっと笑った。そこで初めて、あたしはマキちゃんの唇がすごくキレイだって事に気づいたの。

ぷっくり、ぬめっとしてまるで芸能人の唇みたいだった。

強い目とぷっくりした唇。あたしが見ほれてると、マキちゃんはその唇をゆっくりと動かした。

「私も、いたの」

「え？」

家族で夜お茶にでも寄ったのかなと思っていると、マキちゃんはあたしをもう一度、ぎゅっと見た。

「あんたと同じ。ひとりで、いたの」

びっくりした。まさかクラスメイトが、あそこにいたなんて。あたしが黙ってると、マキちゃんはさらにびっくりするようなことを言った。

「けっこう前から、見かけてたんだ。たぶん、場所かぶってるよ。私たち」

場所がかぶってるって言われて、とにかくびっくりした。びっくりしながら「でも、なんで？」って思ったの。

だってマキちゃんはちゃんとグループに属してたし、夜遊びするようなイメージもなかったから。なのに、ひとりで？

「誰か待ってたの？」

あたしがたずねると、マキちゃんは楽しそうに答えた。

「誰も？」

「じゃあ、誰かと別れたあとだった？」

「違うよ」

「あ、一緒にいた人がトイレ行ってたとか」

「違うって」

違う違うって言いながら、マキちゃんは歌ってるみたいだった。

「……えっと」

もうなんて言っていいのかわからなくて黙ると、マキちゃんは制服のポケットから携帯電話を出した。

「またきっと、会うから。そのとき鳴らすよ」

「あ、うん」

つられて出すと、マキちゃんはためらいもなくそこに自分の携帯電話を押しつける。

なんだか、強引にキスされてるみたいだった。


その携帯電話に、マキちゃんからメールがきた。それも、たったひとこと。

『うしろ！』

振り向いてみたら、後ろの席でマキちゃんが手をひらひらと振ってたの。

モスバーガーの、奥の方の席だったな。

マキちゃんは学校で見るより、ずっと大人っぽい格好をして、メイクもしてた。

そうすると、ぷるんぷるんの唇が際立って、すごくきれいだった。

きれいな女の子って、正しいよね。なんか、そう思ったの。

え？　あたしも？　ううん、違うよ。ナナは、きれいじゃない。きれいなものや、きれいなひとが好きなだけ。

でも、マキちゃんもおんなじこと言ってた。不思議だね？

マキちゃんはアイスカフェオレのグラスを持って、こっちに移動してきた。

「やっぱりかぶったでしょ？」

そう言われて、こくりとうなずく。

「ホントだね」

「マックよりモス選ぶ時点で、ちょっと似てるんだよ」

「え？」

言われて、ちょっとどきっとした。確かにあたしはその頃、マックにあまり行かなくなってたから。

「安さより、一人でいやすい方、選んでる。ドトールもそう」

「うん」

その通りだった。マックは安いけど、そのぶん仲間で長居してる子たちも多くて、ちょっと居心地が悪かったから。ううん、違うな。居心地が悪いんじゃなくて、あたしが寂しかっただけ。そしてモスやドトールには、一人の人が多かったんだ。

「スタバも好きでしょ？」

あたしがうなずくと、マキちゃんはさらに続けた。

「でも、スタバは街道沿いだから、なかなか行けない。違う？」

当たってた。あたしは夜、ふらふら外にいるけど、それでも最低限、危ない場所には近寄らないようにしてる。でも、ここから一番近いスタバは街道沿いの、他に何もない場所に建ってたんだ。

「すごい。名探偵みたいだね」

「推理じゃないよ。だってこれ、私が思ってることだから」

そう言われて、ホントにびっくりした。びっくりしすぎて、飲んでたアイスココアのストローを知らずに「いーっ」って嚙んでた。

マキちゃんとあたしは、全然似てない。でも、夜の行動範囲が似てた。

今思うと、そもそも女子中学生が行けるところなんて限られてるよね。でもセンスっていうの？　選ぶ基準が似てたから、出会ったんだと思う。

安く長くいたければ、それこそマックかネットカフェでいいはず。でもそうしなかったのは、そこが一人でいるのに向いてないって思ったから。

オカネモチ？　だよね。あたしもそう思う。バイトもしないで、しょっちゅうお店に入って、何様？　って感じだよね。

お嬢様？　ふふふ。よく、学校の名前出すとそう言われた。うん、その私立。だからね、そもそもバイトとか禁止だったよ。夜遊びなんか、もっとダメ。でも、うちの親はそこはスルーしてた。バイトはバレたら言い訳できないけど、夜遊びは『一回の偶然』って言えると思ってたみたい。

うん。そうだね。夜遊びっていうか、夜、外に出はじめてからは、もうあたしそのものをスルーしてたっていうかね。最低限、悪いことしなきゃいいって感じだった。

心配？　されてたのかなあ。どうなのかなあ。

いいよ、昔のことだし。向き合ったところで、よくなったとは限らないし。

でもおかしいのはね、マキちゃんの家はそうじゃなかったってこと。マキちゃんちは、家族が仲良くて、妹にも慕われてて、同じだったのは、バイトしなくてもお金があったってことくらいかな。それでもマキちゃんは夜、一人で外に出てた。なんでだろ？

うん、今でも不思議だよ。聞かなかったのかって？　ああ、うん。聞かなかった。なんでって？　なんでだろうね？　ふふ。でもさ、聞かなくてもいいやって思うよ。話したくなったら、話してくれるだろうし。実際、マキちゃんだってあたしのこと聞かなかったし。

それからマキちゃんとあたしは、どうでもいいことを喋った。見てるテレビドラマとか、よく行くショップとか、書きやすいシャーペンとか。喋りながら、うかがってた。犬が鼻先を近づけて、匂いをかぐみたいに。恐る恐るね。

くんくんしながら、そうっとそうっと近づいた。そしたら、敵じゃないってわかった。マキちゃんは、その時点でもう「オッケー」だったみたい。だから、ポテトのSを一つ買ってきて、「食べる？」ってこっち向けてくれたの。

それでもあたしは、ちょっと緊張してた。だって、友達の作り方とか、わからないから。

だって、友達って「なろうね」って言うのは、小さいときくらいじゃない？　そしたら、なんとなくそれっぽくなったとき、「はい、ここから今から友達でーす」って誰が教えてくれるの？

あ。すごくわかる？　ありがと。嬉しい。

わからないから、とりあえずポテトを一本だけ引き抜いて、ちびちび齧ってた。

でも、あたしはわからなくても、マキちゃんはわかってた。

「ねえ。ナナって呼んでいい？」

何回目かのとき、急にそう言われたの。もちろん、ぶんぶんうなずいたよ。

あたしが産まれたのは、きっとこのとき。


マキちゃんは、あたしみたいにひとりだったわけじゃない。なのにあたしと遊ぶことを選んでくれた。それが、今でもよくわかんない。わかんないけど、嬉しかった。嬉しすぎて、もうマキちゃんしか見えなくなった。

あれってなんていうんだっけ？　卵から産まれたひよこが、お母さんのあとをついて歩くやつ。「刷《す》り込み」？　ありがと。つまりあたしには、マキちゃんが刷り込まれたってわけ。

え？　それじゃマキちゃんがあたしのお母さんになっちゃう？　だね。でも、それであってると思うよ。

あたしはとにかく、マキちゃんと一緒にいることが嬉しかった。だから、できるだけ一緒にいたかった。でも、「甘えたがりで、面倒」なところを見せたら嫌われるんじゃないかって思って、それだけが怖かった。

なのに、マキちゃんはあるときあたしにこう言ったの。

「もっと甘えなよ」

信じられなかった。こわかった。だから、あたしはまたくんくんした。

ねえ、どこまでだいじょうぶ？　それはほんとうのこと？

「でも、悪いよ」

「なにが悪いの。友達に甘えるなんて、当たり前でしょ」

「当たり前、なの？」

あたしがたずねると、マキちゃんはぷっくりとした唇をきゅっと尖らせる。

「ナナは、もっと私に頼っていいんだよ」

くんくん。くんくん。だいじょうぶ。ウソみたいだけど、これは現実。

なんか、すごく泣いたよ。ウソみたいに、泣いた。子供みたいに、わーんって。

でも、マキちゃんはそんなあたしの背中をそっと撫でてくれた。それが嬉しくて、

あたしはまた泣いちゃった。

本当は、夜が怖かった。一人で歩くのも怖いし、おかしな人とすれ違うのも怖か

った。でも、家にいるのはもっと怖かった。家にいたら、知らないうちに両親に甘えて、もっと嫌われる。それが怖かった。必要最低限だけのふれあいにしないと、あたしはどんどん甘えちゃうから、それが怖かった。

なのに、マキちゃんはそれでもいいんだって言ってくれた。それが、当たり前なんだって。

やだ。思い出したら、ちょっとナミダ出たよ。ふふ、恥ずかしい。

あとね、マキちゃんはお姉さんだからか、甘えさせるのがすごく上手だった。だからあたしは、自分でも気づかないうちにすごくマキちゃんに寄りかかるようになったんだよ。

もう、マキちゃんさえいれば、何も怖くなかった。

二人で歩く街は、ドキドキとワクワクがいっぱい。おかしな人とすれ違っても、平気でスルーできる。家なんかもうどうでもよくて、もうマキちゃんにべったべたに甘えた。

高校生になったら、もっとずっと一緒にいる時間が増えた。特に高一の頃は、もうね、ホントにずっと一緒だった。

学校で一緒で、帰りにファッションビルのトイレで着替えて、あとはもうずっと一緒。家なんて、ただ寝に帰る場所だった。

ライブ、クラブ、ちょっとのお酒。二人なら、どこへでも行けた。男の人が声をかけてきても、マキちゃんがいれば、ぜんぜん怖くなかった。マキちゃんはその頃ハマってた、ちょっとロックな雰囲気で、あたしはガーリーだけど、ロックなテイスト入れてね。

なんか、二人で歩くとテーマソング流れるみたいな感じ？　何してても、楽しかったな。ううん。何もしなくても、すごく楽しかった。

この頃はね、朝まで外にいることも多かった。中でもね、今みたいにファミレスで夜明かしするのが、いっちばん楽しかったよ。

「ねえ。大学生になったら、一緒に住もうよ」

マキちゃんがそう言いはじめたのは、いつからだったかな。思い出せないけど、そう言ってもらえたことが嬉しくて、たまらなかったのは覚えてる。

「いいね～。でもあたし、家事とかぜんぜんできないよ」

「そんなの、どうでもいいよ。一緒にいて、楽しいかどうかの方がずっと大切だもん」

一緒にいて、楽しい。それって最高の褒め言葉だよね。なんかあたし、マキちゃんに泣かされてばっかりかも。

だから本当に、うるっときちゃった。


「ナナとなら、ずっと一緒にいられる」

「あたしも！　マキちゃんとなら、いつまでだってだいじょうぶ！」

お互いの気持ちを確認し合うって、こんなに幸せなことなんだって、初めて知った。

でもって、確認できたら、あとはもう妄想の世界ね。

「同居っていうか、シェアハウスっていうのかな。リビングとお風呂とキッチンは共用で、個室だけあるみたいな」

「いいねいいね。あ、ロフトとかもありかも？」

「そうだね。二段ベッドみたいで楽しいかも。あとさ、絶対鍋しようよ、鍋」

「うわあ、それ、絶対！　毎週やりたい！　それと、週末の朝にパンケーキね」

「ハチミツとバターとろっとろのやつ」

「家具も、ペンキ塗り直したりして、パリっぽい感じとか」

「最高！」

インテリア、料理、間取り。夢の部屋の話は、いくら喋っても尽きなかった。そこでどんな服を着て、どこに行くのか。マキちゃんとあたしは、ものすごく細かいことまで想像しては、楽しんでた。

部屋着は可愛いのにしようね。でもっておそろのやつで、夜中にコンビニ行ってアイス食べよう。ハーゲンダッツの新作かガリガリ君ね。帰り道、星や月を見ながら、好きなバンドの曲を歌おう。絶対、笑わないよ。

楽しかったなあ。ホント、楽しかった。

その頃には、ちょっとだけどあたしにも友達ができてた。もともとマキちゃんのグループにいたから、共通の友達って感じだけどね。たまにそんな子たちも誘って、ファミレスの夜お茶をしてたんだけど、それもすごく楽しかった。

大きめのソファー席占領して、ドリンクバーでヘンなブレンド大会して、喋りまくってた。なかでも盛り上がるのは、恋バナね。誰が誰を好きとか、告白するしないとか、きゃーきゃー言いながら話してたよ。

あたし？　あたしはね、実はそんな余裕、なかった。だって中学で産まれたばかりだから、もう嬉しくていっぱいいっぱいで、そっちに気持ちを向ける余裕が、なかったんだよねえ。

向こうから来たり？　は、あったよ。でもよく知らない人だったり、評判が今イチな男子だったりしたから、断ってた。そういうときもね、マキちゃんは頼りがいがあったよ。あたしの代わりに、断ってくれたりして。

「あんたに、ナナはもったいない」ってね。きゃー。なんか、今でも嬉しいなあ。

——今でも、言ってくれるのかな。

ううん。だいじょうぶ。でねでね、あ、このハナシまだ続けてもだいじょうぶ？

ありがと。聞いてくれて嬉しい。

マキちゃんもね、誰ともつきあってなかったの。あの唇だから、すごくモテたんだよ？　でも、みーんな断ってた。理由は、忙しいからって。

「忙しくなんかないよね？」

って聞いたら、マキちゃんは笑った。

「私は、ナナで手一杯だよ」だって。

でもね、実はそれから、マキちゃんは本当に忙しくなったの。理由は二つ。バイトと、受験。

あたしの行ってたところは、上に大学があったのね。だから受験する人はほとんどいなかったんだけど、マキちゃんはあえて外の大学を目指したの。

「こんなお坊ちゃんお嬢ちゃん大学出ても、就職には役立たないよ」

そう言って、塾に通いだした。そして、それと同時に時給の高いバイトを見つけて、一人で決めちゃった。ぎりぎりカフェだけど、雰囲気はガールズバーみたいなところで、すごくびっくりした。マキちゃんの家族も、反対したみたい。なのにマキちゃんは、やめなかった。

「もっと稼ぎたいな。いい大学行けば、在学中もいいバイトできそうだし」

それを聞いたとき、あたしはすごく落ち込んだ。マキちゃんは、本気だ。本気で、外を目指してる。それってつまり、あたしを置いていくってことなんだよ。

自慢じゃないけど、あたし、頭が悪いの。ううん、ホントに。留年しなかったのが不思議なくらい。だからとてもじゃないけど、受験なんて考えられなかった。

大学で離ればなれになる。そう思うだけで、胸がぎゅうっと痛くなった。

「そんなの、小さなことだよ」

マキちゃんはそう言って笑ったけど、あたしは笑えなかった。笑えなさすぎて、逆に何も言えなくなった。

ホントは、ここでわがままを言ってればよかったのかもしれない。「置いてかないで！」ってマキちゃんにすがりついてわんわん泣いたら、今と違ってたかもしれない。でも、あたしは黙っちゃった。

だってほら、甘えて嫌われるのが怖かったから。


また一人になる。そう考えたら、なんか世界が終わりそうな気がした。ぜんぶの色がなくなって、一人白黒の世界を歩いてるみたいな気分。

不思議だよね。最初は一人だったのに、もう同じには戻れないなんて。

どうしたらいいのか、わからなかった。

だって一番助けてって言いたい人に、そう言えないんだもん。

「ねえナナ。あとちょっとの我慢だよ」

マキちゃんは顔をあわせるたびに、笑顔でそう言った。大学に合格したら、いっぱい遊ぼうね。学校が違ったって、同じ都内だよ。

でも、あたしはマキちゃんの言葉を信じられなかった。だってマキちゃんは「就職」まで見据えてるわけでしょ？　それって、本当に無理。大学行けるかどうかってあたしが、マキちゃんに近い場所で働けるとは思えない。

——マキちゃんの未来に、あたしはいないんだ。

そう思ったら、なんかかくんって力が抜けた。そのとき、クラスの男子が「大丈夫？」って声をかけてくれたの。うん。前に声をかけてくれた子。話してみると、思ってたよりぜんぜんいい人で、びっくりした。マキちゃんからは、悪い噂しか聞いてなかったから。

「なんか悩んでるんだったら、話してみれば」

そう言われて、あたしは泣いた。でも、ただ泣いただけだった。

マキちゃんへの気持ちは、誰にも話せない。話したくない。

嫌われてもいいやって思って、そう説明したら、その子はうなずいてくれた。すごく意外で、でもありがとうって思った。それで、その子とつきあうことになったの。

つきあってみたら、すごく楽だった。優しくて、あたしのことを一番に考えてくれて、抱きしめてくれる。あのね、男の子に「必要だ」って言われるのって、すごく気持ちいいんだね。そういうの、それまで知らなかった。

え？　すっごく必要？　ふふふ、ありがと。嬉しい。

でもね、その子とつきあってること、あたしはマキちゃんに言わなかったの。うん。言えなかった。なにしろマキちゃんは忙しそうだったし、あたしのことなんかで時間を取らせちゃ悪いかなって。

うしろめたい？　……意地悪だね。でも、当たりかも。

ホントはね、言おうと思えばいつでも言えた。でも、なんか違う気がした。

「あたしたちつきあってまーす」とか、そういうんじゃないなあって。

だからデートでは、マキちゃんと会いそうな場所は全部避けたよ。そう。避けたの。あたし。マキちゃんのことを。

産んでくれた、お母さんなのに。

でも、同じ学校でしょ。いつかバレるよね。そんなこと、バカなあたしだってわかってた。なのに、最悪なタイミングでマキちゃんに見つかっちゃった。

学校じゃなくて、夜。それもキスしてるところ。そこに、マキちゃんが通りかかったの。

マンガとか、ドラマみたい。こんなタイミングって、ないよね。

最初は、気づかなかったの。ただ、立ち止まった人がいるなってくらい。

でも、声ですぐわかった。

「なに、やってんの」

マキちゃんの声だった。マキちゃんの声だったけど、今まで聞いたこともないくらい、低くて重い声だった。

「え」

「なに、やってんのって、聞いてんだけど」

おかしな話だけど、このときのマキちゃんは、本当にきれいだった。バイト帰りなのか、マキちゃんらしくないガーリーなミニのフリルスカートを穿いて、でも上半身はがっつりロックなTシャツで。すっごく怒ってる表情は、ぎゅっとした目とぷっくりした唇をすごく引き立ててた。

月をバックに、仁王《におう》立ち。そんなマキちゃんに、あたしは見ほれた。

きれいだな。きれいな女の子になら、殺されてもいいな。

ううん、そうじゃない。これはウソだね。キレイな言葉を使って、あたしはごまかそうとしてる。でも、それってダメだ。ホントはね。

あたしは、マキちゃんに殺されたいって、思ったんだ。

今、ここであたしの胸に何かを刺してくれたら。

そう思った瞬間、あたしは相手の子の身体をどんと突き放してた。それでマキちやんに向き直ろうとしたら、マキちゃんが先に動いた。

相手の子の顔面を、殴ってた。

その子は、何がなんだかわかってなかった。なにしろマキちゃんは服もメイクも学校と違ったし、彼にとってみれば、通りすがりの女の子がいきなり殴りかかってきたようなものだったわけ。

「え？　え？」

痛いけど、女の子だし、どうしよう。そんな表情で彼がうろたえてるのが、わかった。そしたらマキちゃんは、すぐに二発目を叩き込んだ。

彼のほっぺたから、血が流れた。マキちゃんのしてる、ごつい指輪のせいだった。

「痛ってえ!!」

女の子みたいにほっぺたを押さえて、彼がうずくまった。そんな彼めがけて、マキちゃんが足を動かした。蹴ろうとしてる。そう思ったから、二人の間に立ちはだかった。

「かばうんだ、そいつ」

マキちゃんの声は、まるでロボットみたいだった。

「だってこの人は悪くないし」

あたしが言うと、マキちゃんはへらりと笑った。

「へえ」

「いい人なんだよ。優しくて」

「へえ」

あたしの言葉なんて、ぜんぜん届いてなかった。ううん。あたしだって、届くとは思ってなかった。でも、言わないでもいられなかった。

「いつか、紹介しようと思ってたの」

「へえ」

そのとき、あたしは言いながら気づいちゃった。紹介するつもりなんて、そもそもなかったんだ。それはマキちゃんだけじゃなくて、誰に対しても。

つまり、あたしは彼とずっとつきあう気なんて、なかったってこと。

ひどいよね。失礼だよね。「好き」って言ってくれた人に対して、していいことじゃないよね。

それであたしは、思わず座り込んだ彼を見た。そんなあたしの視線を、マキちゃんの冷たい目が追っかけてくる。

「で、もうやったの？」

あたしが黙ると、マキちゃんが機関銃みたいに質問をぶつけてきた。

「手はつないだ？　キスは？　遊園地とか行った？　ライブは？　本屋は？　カフェは？　胸とか触られた？　鍋とかやった？　セックスは？」

「なんだそれ⁉　お前、ストーカーかよ⁉」

彼が、びっくりしたように顔を上げた。でもあたしは、マキちゃんに向かい合ったまま一つずつ答えた。

「手はつないだよ。キスは今初めて。ライブと本屋は行ったけど、他はしてない」

「お前も、なに答えてんだよ！」

彼の声が聞こえてたのに、あたしはさらに続ける。

「マックは行ったけど、ドトールとモスは行ってない。コンビニ寄ったけど、ハーゲンダッツの新作とガリガリ君は買ってない。ていうか、アイス買ってない。そもそも、ポテトもらったりも、してない」

「うるっせーんだよ‼」

自分で聞いておいて、マキちゃんはあたしの話をさえぎった。そして再び彼に近づくと、仁王立ちのまま声をかける。

「ねえ」

彼が、びくりと身体をすくませるのがわかった。

「お前、ナナと結婚する気あんの？」

「はあっ⁉」

いきなりそんなこと聞かれて、彼はもっとびっくりしてた。でも、マキちゃんは真剣だった。

「もう一度聞く。お前、ナナと一緒に暮らして、幸せにする気あんの？　自分で稼いで、ナナに何不自由ない暮らしをさせてやる自信あんの？」

「はあ？」

「答えろ！」

マキちゃんは、ライオンみたいに吠《ほ》えた。きれいで、こわくて、カッコよかった。

つまり、正しかった。

今この瞬間、マキちゃんは世界の誰よりも、正しかった。

そのあと？　あはは。もうね、ぐちゃぐちゃ。

まず、彼は相手がマキちゃんだって気づくと、先に帰っちゃった。「女同士のケンカに俺を巻き込むな」とか「お前らキモいよ」なんて言ってたかな。どっちもその通りだったから、返す言葉もなかった。

マキちゃんは――マキちゃんは、あたしに手を差し出してくれた。

「ナナ」

「ごめんなさい」

もうね、そう言うしかなかった。いっぱい、色々なごめんなさい。あたしには、それしかなかったから。

「いいよ」

「ごめんなさい」

「ねえ。一つだけ聞かせて」

マキちゃんの声が、ふっと柔らかくなった。顔を上げると、表情も優しくなってる。

「ナナ、私と――」

マキちゃんは、困ったような表情で唇をぺろりと舐《な》めた。

「私と――来る？」

そう言って、手を差し出してくれたの。

叫びだしたいほど、嬉しかった。今すぐマキちゃんの手を取って、二人でどこかへ駆け出したかった。

でも、できなかった。

あたしは、マキちゃんの将来に不必要だと思ったから。

「ごめんなさい」

あたしは、身体を二つ折りにして頭を下げた。ぺたんと薄くなって、消えちゃいたかった。

「それと——ありがとう」

産んでくれてありがとう。きらきらした世界を見せてくれてありがとう。生かしてくれてありがとう。もう、なにからなにまでありがとう。

ゆっくりと顔を上げると、マキちゃんが泣いてた。仁王立ちのまま、泣いてた。びっくりした。

「ナナ……」

マキちゃんが泣くのを見るのは、そのときが初めてだった。

「泣かないで」

なぐさめようとして微笑むと、マキちゃんは顔をぐしゃっと歪めた。

「無理」

「ね。泣かないで」

あたしなんかのために、泣かなくていいよ。そう言うと、マキちゃんは両手で自分をがしっと抱きしめた。まるで、自分を羽交《はが》い締《じ》めにしてるみたいに。

「いきなよ」

「え？」

「バカナナ。あんたの顔なんか、もう一秒だって見たくない」

にじんだ声。ぎゅうっと摑みすぎて、白くなった指先。

いつもは強い目が、涙できらきら輝いてた。

「マキちゃん、きれい」

あたしは目に焼きつけるように、マキちゃんをじっと見た。それから、マキちゃんに背を向けた。

翌日、あたしは学校をやめた。

ホントはね、そこまで深い理由なんてなかった。でも、他にどうやって謝ればいいのかわからなかったの。マキちゃんと、つきあってた彼に。それにあたしなんかを仲間に入れてくれた、あの子たちにも。

学校をやめたら、ついでに親もあたしとのつきあいをやめた。まあね。高校中退だもんね。そりゃ怒るよね。お金は出すから、一人で暮らしなさいって言われて、部屋を借りたの。うん。ワンルームマンション。

何もなかったし、何も置きたくなかった。監獄みたいな部屋で、よかった。毎日、夕方に起きて街をふらふら歩いた。どうなっても、よかった。

だってここは、マキちゃんのいない世界なんだもん。

呼び込まれれば、どこにでも入ったし、誘われればついてった。

うん。あたしね、汚くていやらしいよ。

でもね……うまく言えないけど、うちの親は、お金であたしを守ったのかなって思うところもある。そういうの、フツーはダメなんだと思うけど、とりあえずあたしは今まで、犯罪には巻き込まれずにきたし。

そんなとき、ホストクラブの呼び込みにひっかかったの。最初はね、もうどこだったか忘れちゃった。でも男の子が、たとえウソでも真剣な表情で「キミが必要だ」って言ってくれたのね。それが、よかった。

もうちょっとだけ、生きてていいのかな。シャンパン一本で、そう思わせてくれた。だからホストクラブは、あたしの命の恩人。

おかしいよね。え？　おかしくない？　そう。そっか。

『クラブ・ジャスミン』に入ったのはね、ただの偶然。そのとき、喉が渇いてて、ぼんやりどこの店に入ろうかなって思ってたとき、雪夜が階段を上って出てきたの。綺麗な女の人と、一緒だった。タクシーが来たら、ふわりと手を取って甲にキス。雪夜はね、その手を離さないまま、彼女を車に乗せたんだよ。なんか王子様みたいな人だなあ、って思ったよ。で、なんとなくそのまま見てたら、雪夜がくるっとこっちを向いた。

そして、ちょっと考え込むような顔で首をひねったの。

「君、昨日そこの角のドトールにいなかった？」

びっくりした。びっくりしすぎて、思わずうなずいちゃった。

「いたけど、なんで？」

「うん。僕もいたんだ。仕事前に、一人の時間がほしくてね」

あたしは急に、なんだかちょっと、泣きたくなった。

懐かしくて懐かしくて、愛しくてたまらない時間のことを、思い出しちゃったから。

「ねえ、もしかしてマックよりモス派？」

あたしがたずねると、雪夜は笑いながら首を横に振った。

「僕はフレッシュネスだね。あそこは、一人でビールを飲むのに向いてる」

きっとね。あたしたちの住んでた街にフレッシュネスがあったら、マキちゃんも同じこと言ってたと思う。

ロックな服着て、クラシックバーガーにかぶりついて、ぷるぷるの唇を脂でてからせて。それで、あたしにポテトの袋を向けてくれただろう。

だから、あたしは雪夜を指名したの。

なに？　なんで泣いてるの？

だいじょうぶだよ。あたし。今ではホントに、大丈夫。

雪夜のおかげでジャスミンに会って、それでヤマトと進くんにも会って、大丈夫になったの。だってほら、鍋は進くんたちとやったし。もう大丈夫なの。

泣かないで。ね、帰りにコンビニ寄ろう？　それでガリガリ君、歩きながら食べよう？　歌も歌おっか。アニソンも歌えるよ？

ふふ。すごい顔。ううん、嫌いになんてならないよ。鼻かんで？

うそ。鼻血？　ティッシュ詰めなきゃ。えーと、確か首の後ろとんとんするといいって、『かとれあ』のおばさんが言ってたよ。

ね。あたし、コブちゃんと一緒にいると、すごく楽しいよ。ホントに、楽しい。だってコブちゃんって、よく干したおふとんみたい。日向《ひなた》の匂いがして、ふかふかで、優しいの。オタク？　いいじゃない。ジオラマかわいいもん。あたし、ああいうの好き。見てるときゅんとなるもん。みんな幸せにねってお祈りしたくなる。お寺や神社じゃないのにね。

ああ、もっと泣いちゃった。うれし泣き？　ありがと。おんなじ気持ちって、ホント嬉しいね。

あ、唇も、荒れて切れてる。痛くない？　リップ、貸してあげるよ。

なに、鼻血が止まらないって。間接キスって。あはは。

ほら、黙って。塗るね。

うん、これでよし。


ちゅっ。

05
Holiday
In
*
Tsukasa
Sakaki
前へ、進

マックのボックス席で、チューしてるカップルがいた。

「うわ、エロっ！」

それを見たコウタが、わかりやすく興奮する。

「進、見ろよ。すげえよ。チョーエロいよ」

「そんなエロくないよ」

「なに落ち着いてんだよ。てかお前、エロに興味なさすぎ」

お前がありすぎなんだよ。そう言って僕は、ばたばた動き回るコウタの背中をどついた。

ていうかチューなんてもう、あの夏で見飽きてるんだよ。

＊

僕のお父さんは、最初、死んだことになってた。少なくとも、僕のお母さんは、そう僕に信じさせようとしていた。

きっと、その方が楽だったんだと思う。

結婚もしてなかったみたいだし、アルバムを見ても、最初からそういう人が登場してなかったみたいだから。

でもさ、わかるよね。なんとなく、わかっちゃうよね。

おじいちゃんやおばあちゃんの口ぶりや、お父さん側の親戚とまったく連絡を取らないこと。お仏壇もなければ、位牌《いはい》もなくて、お墓参りすらしないこと。そして命日らしきものすら、ないこと。

僕だって、もっと小さい頃は信じてた。ていうか、疑うことができなかった。

でも、小学校の高学年にもなれば、疑っちゃうよね。

僕は、お母さんのことが好きだ。だってお母さんは、いつでも僕のことを一番に考えてくれている。だから「嘘つき！」とは思わなかった。ただ、ちょっとだけがっかりした。

チームメイトに、隠し事はしないでほしかったから。

僕の家は、母子家庭だ。でも僕は、この言葉は好きじゃない。なんかすごく「かわいそう」をさそう感じがするから。そして、たぶんお母さんもそう思ってる。だから、お母さんはいつもこう言う。

「うちは、ふたり家族だから」

これは悪くない。でも、「これだ」とは思わなかった。

もしかしたら、納得できるような言葉なんてないのかもしれない。どう言ったって、どう言われたって、ちくりとした気持ちは消えないし。だったらもう「母子家庭」でいいじゃんって、思ったりもしてた。

でもあるとき、テレビを見ていたお母さんが言ったんだ。

「進と私は、最高のチームね」

見てたのは、刑事物のドラマ。二人組の刑事が事件を解決して、笑いあってた。それを見て、僕は「これだ」と思った。

うちは、母子家庭でもふたり家族でもない。二人で結成した、チームなんだ。

だって僕らは、ずっと二人で闘ってきたから。

朝は、目覚ましの音でまず僕が起きる。

ポットに水を入れて、スイッチオン。それが沸《わ》いたら、紅茶をいれる。小さかった頃は、ティーバッグの用意しかさせてもらえなかったけど、今はもう大丈夫。

「お母さん、起きて」

声をかけると、お母さんが布団の中でもぞもぞ動く。

「んー、もちょっと」

「ダメだよ。時間なくなるよ」

「でも昨日、書類作るの時間かかっちゃって……」

「紅茶のカップ、持って来ようか?」

「それはやめて。起きるから」

お母さんは起きて紅茶を飲むと、顔を洗う前に朝ごはんを作りはじめる。ぼーっとしているから、ときどき卵焼きが焦げたり、お味噌汁がぐらぐら煮え立ってたりもする。僕はそれに注意しながら顔を洗って、着替えを済ませる。

「いただきます」

朝ごはんを食べながら、今日の流れを説明し合う。

「今日は学童行って来るから、おやつはいらないよ」

「了解。そしたらお母さん、ちょっと残業してもいいかな」

「大丈夫。もっと遅くなりそうだったら、ケータイにかけてよ。コウタと一緒にいるから」

「もしコウタの家に行くんだったら、お母さんによろしく言っといてね」

「うん」

それからお母さんはお化粧をして服を着替えて、その間に僕は食器を洗う。もしすごく晴れていたら、昨日の夜に干しておいた洗濯物を部屋の中に取り込んでおいたりもする。夜洗いは、基本だ。

流れるようなコンビネーション。お互いができることを、できる分だけやる。できなかったことに、文句は言わない。それがチームメイトとうまくやるコツだ。

「火、消したね」

「鍵、かかってるね。持ってるね」

指さし確認をしてから、同じタイミングで家を出る。

「それじゃ、行ってきます！」

「気をつけて！」

分かれ道で手を振ると、お母さんは右へ。僕は左へ。

それが、いつもの流れだった。

でもあの日、僕はその流れを乱した。


きっかけは、学校の宿題。『自分を知ろう』というテーマで、産まれたときの時間や体重、そしてその日に起こったことなんかを調べてきなさいと先生が言った。

それをお母さんに伝えると、母子手帳を見ればいいと教えてくれた。

「その引き出しに入ってるから」

実は、今までにも母子手帳を見たことはあった。というのも、僕が風邪を引いたりしてお医者さんに行くとき、お母さんは必ず母子手帳を持って行くからだ。

手帳は表紙に動物のキャラクターがついていて、ビニールのカバーがかかっている。そしてカバーのポケットには医療証と保険証、それにかかりつけの病院のカードが差し込まれていて、僕の診察セットとなっている。

僕は手帳から必要なことをノートに書き写すと、また手帳をもとの場所に戻そうとした。そこでふと、その下にあるものに気がついた。手帳よりも少し大きなサイズで、コの字型にファスナーがついている薄いケース。

（手帳の、ケースかな）

だったらここに入れておけばいい。そう思って、僕はファスナーを開けた。そして開けた瞬間、ばさばさと音を立てて、たくさんの紙が床に散らばった。

「あーあ」

どうやらお母さんは、僕が受けた注射の記録や、もらった薬の紙なんかを、この中に全部まとめて入れていたらしい。そのせいで、もう手帳が入るすき間がない。

「もうちょっと整理すればいいのに」

ぶつぶつ言いながら、僕は紙を拾う。お母さんは外ではしっかりした人に思われてるけど、家ではけっこうテキトーだ。押し入れから物が落ちて来ることは当たり前だし、詰め込み過ぎた引き出しが開かなかったこともある。

「今度の休みに片付けるから」

いつもそう言っては、ほったらかし。まあ休みの日は休みの日でやることもあるし、しょうがないとは思うんだけど。でもなんていうか、それとこれとは違う感じ。忙しさと、押し入れ落下物問題はイコールじゃないよね。

紙を拾いながら、ふと考える。この機会に、整理すればいいのかも。でも見てもわからないものもあるから、とりあえずは日付け順で重ねておけばいいか。

そこで僕は、ケースの中に残っていた紙もテーブルの上に出してみることにした。

すると、紙に混じって白い封筒が出てきた。

(もしかして、お守りとか?)

なんとなく大事そうな雰囲気だったので、開けるのを悩んだ。でも、たぶん僕に関係する物だろうし、糊《のり》づけされていなかったから、開けてみた。そしたら。

紫の服を着て、サンダルを履いたお兄さんがこっちを睨《にら》んでた。


まさかね、という気持ちと、やっぱりね、という気持ち。それとは別に、お母さんには死んじゃった弟とか親戚とかがいたのかな、なんて思った。

でも、弟や親戚だったら、こういう人でも「なかったこと」にはしないよね。あと、この人が本当に死んじゃってたら、やっぱり「なかったこと」にはしてないと思う。だってそんなの、ひどいし。

「えーと」

一応、彼氏ってことも考えてみる。でも今そんな人はいないし、ただの彼氏だったら、こんなところに写真を挟まないと思う。

「えーと」

すごいショック、とかはなかった。ただ、どうしよう、と思った。

いつかお母さんが話してくれるはずのことを、先に知ってしまった。なんとなくわかりかけてたけど、いざそれが目の前に現れると、どうしたらいいのかわからない。

「えーと」

お母さんを責める、っていうのがわかりやすい流れだと思った。よくドラマとかでも見るもんね。「どうして教えてくれなかったの⁉」ってやつ。

でも、そういう気分じゃなかった。だってなんていうか、僕にとって『お父さん』は、現実的じゃなかったから。だってほら、最初からいないんだもん。悲しいとか嬉しいとか、それ以前の問題じゃない？

ただね、やっぱり、ちょっとだけ、むっとした。

こんなことで傷つくほど、僕は子供じゃない。

お母さんは、自分のチームメイトをなんだと思ってるんだ。

むっとした。そしてむっとしたついでに、嫌なことを思い出した。

「神保《じんぼ》ってさあ、女っぽいよな」

授業で、料理をしているときだった。言ってきたのは、もともとあんまり仲の良くなかったやつ。

「どこが女っぽいんだよ」

むっとして言い返すと、そいつは笑った。

「千切り、うますぎ。ぜったい女だろ。『お母さん』は」

これには、マジでむっとした。『お母さん』っていうあだ名は、仲のいいやつに呼ばれてても腹は立たない。でもそうじゃないやつに半笑いで呼ばれると、とてつもなく嫌な気分になるんだ。

「うるさいな」

そいつは包丁の持ち方なんて全然知らなくて、キャベツはぼろぼろ。目玉焼きの卵は黄身が破れてて、焦げてた。

「『お母さん』ちはさー、お母さんしかいないんだよなー。だからお母さんのやることしかできねえんじゃねえのー？」

なんだと。僕はそいつをきっとにらむと、言ってやった。

「黙って作業しろよ。へたくそ」

「なに言い返してんだよ、進ちゃん。女子にちやほやされて、いい気になってんだろ」

「うるさいって言ってるだろ」

「うるさいのは、どっちですかあ〜」

このあたりで、周りの子が言い合いに気づいた。仲のいい友達や女子が寄ってきて、僕のことをかばってくれる。

「なにやってんだよ」

コウタが間に入って来ると、そいつは手でコウタを払いのけるようにした。

「バカは引っ込んでろよ」

「ちょっと、ひどくない？」

今度は、そこにセリナが割り込んできた。

「コウタは確かにバカだけど、そこまでひどいバカじゃないでしょ」

えーと、それってかばってるのかな。

「それに進くんが料理うまいのは、いいことじゃない。できないより百倍いいよ。人の家の事情でからかうなんて、サイテー」

それを聞いて、そいつの顔色が変わった。女子から言われる「サイテー」って、けっこうクるからね。いい気味だ。

「うるせえよ、ブース！」

「なによ、ガキ！　ぶきっちょ！　サイテー！」

そこからはもう、ぐちゃぐちゃだった。お互いの仲のいいやつ、さらには女子とただ単に騒ぎたいやつまで入ってきて、大騒ぎ。包丁があったから、全員先生にものすごく怒られた。でも、大騒ぎになったから、すっとしたやつも多かったんだと思う。

その証拠に、からかってきたやつは、翌日はけろっとしてた。たぶん本当にぶきっちょで、それが悔しかっただけなんじゃないだろうか。

でも、僕の中には何かがちくりと残ってた。

(なんだろう？)

母子家庭をネタにいじめられたことは、ないわけじゃない。でもそんな深刻じゃなくて、単に相手に弱点として言われてた感じ。だからそんなに傷つかなかったし、そりゃあ嫌だけど、別に大丈夫だった。

なのに、今回はなんだか大丈夫じゃなかった。

泣きたいわけじゃない。ただ、『お父さん』という存在がいたら、もっと男っぽくなってたのかな、と気になった。

（でも、男っぽいのって、どういうことだろう？）

そう考えた瞬間、わかってしまった。

そもそも僕には、男らしさが、わからない。


男らしいって、なんだろう。

ケンカが強いこと？　運動ができること？　でも、ケンカが強くて運動もできる女子だっている。

じゃあ料理ができないこと？　掃除や片付けが好きじゃないこと？　これは絶対違うって言いきれる。だって僕のお母さんは、料理も掃除も片付けも好きじゃない。しょうがなく、やってるだけだ。

そのとき、ふと、手に持った写真を見た。

こっちを睨みつけてる、男の人。

（男っぽい、よね）

こういう人は、「女みたい」なんて、絶対言われないんだろうな。

（わかるかな）

こういう人と会って話したら、男らしさがわかるのかな。

もしそうなら、会ってみたい。

別に、本当のお父さんじゃなくてもいい。ただ僕に、男らしさを教えてくれるなら、誰だって。

誰だっていい。そう、考えたんだ。

*

それでも、お母さんに言うのには勇気がいった。普通に言っても反対されるだろうし、そもそも僕は、一人で旅行したこともない。

でも、今がちょうどよかった。

もうすぐ夏休みだし、これといって予定もない。クラスでは塾に行きはじめたってやつが増えてきて、夏期講習の話なんかしてる。僕は公立に行くから関係ないんだけど、それでも来年の夏は、なんだかばたばたしそうな気がした。だから。

「六年生になる前に、会っておきたいんだ」

写真を差し出してそう言うと、お母さんはおかしな表情をした。困ってるだけでもない、悲しいだけでもない、角度によっては、少し笑ってるようにも見える、そんな表情。

「親に会うのは、子供の権利よね。でも、お母さんが一緒じゃダメなの？」

本当は、一緒に来てほしかった。ものすごく心細くなって、泣き出してしまうかもしれないと思った。でも、それじゃ子供っぽいし、なにより男らしくない気がした。

「……ひとりが、いい」

もし遠かったら、最寄り駅まで一緒なのはしょうがない。でもそこから先は、一人で行きたい。そして移動先に着いたら、必ずケータイで連絡する。もしものことがなくても、暗くなったら絶対連絡する。そう約束したところで、お母さんはアドレス帳を開いた。

「じゃあ、向こうの家に連絡を取ってみるけど、今いるところがわかるかどうか――」

そしてその言葉通り、お父さんの両親もお父さんの家は知らなかった。けど、携帯の番号と仕事先はわかった。そこでお母さんはまず、仕事先に電話をかけて、本人がいるかどうか確認することにしたらしい。

『え？　いえ、あの、私はそちらのお客さんじゃなくて、その——沖田大和《やまと》の——か、家族というか、関係者なんです』

お父さんの仕事先は、女の人相手にお酒を出したりするお店だという。「ホスト」って言葉だけなら、僕もテレビで聞いたことがある。でもさ、ホストって、カッコよくて優しそうな人がやってるものなんじゃないの？　あの写真を見ても、想像がつかないんだけど。

『あ、いつでも？　ありがとうございます。では日にちが決まり次第、ご連絡します。はい、はい——』

そのお店は、うちから案外近かった。電車で一本だし、嫌になったらすぐに帰って来れる。それがわかったとき、僕もお母さんもかなりほっとした。

「ねえ、お父さん——には電話しなくていいの？」

そうたずねると、お母さんはちょっと悲しそうな顔で笑った。

「今、電話してた人がね——言わない方が、確実に会えるでしょうねって言ったの」

その人はとても親切な女性で、僕が行く日にちを連絡したら、きちんと対応してくれると約束してくれたらしい。もしお父さんが嫌なやつで、僕を追い返そうとしたら、ちゃんと駅まで送り届けてくれるとも。

「ジャスミンさん、っていう人よ。お店のオーナーなんですって」

「えっと、日本のひと？」

「そうみたい。ああいうお店では、本名は使わないから……」

約束は取り付けたものの、それでもお母さんは不安そうだった。だから僕は直前になって「やっぱりダメ」って言われるかも、と覚悟を決めていた。

そして数日後、ジャスミンさんから封筒が届いた。

中にはお店の紹介カードと、地図。それにジャスミンさんの携帯電話のアドレスと一緒に、メッセージカードが入っていた。お母さんはそれを読むと、ゆっくりすうっと息を吸った。

「うん。大丈夫」

「なに？」

「この人、私がついてきてもいいって書いてくれてるの。それからあのひと――進のお父さんは、たぶんそこまでひどい態度はとらないだろうって」

「じゃあ」

行ってもいいの？　僕がたずねると、お母さんは急に僕を引き寄せた。そして、ぎゅうっと抱きしめる。

「はずかしいよ」

子供じゃないんだし。僕がそう言うと、お母さんは僕をぎゅうっとしたまま、首を振った。

「子供よ。進は、私のこども」

「それはそうだけど」

チームメイトじゃないの。そう言い返そうとする前に、お母さんは言った。

「だから大丈夫だって思ってる。一人で歩いても、大丈夫だって信じてる」

「……うん」

「一人で出すのは、本当に嫌。だけど、でも――」

そう言いながら、お母さんはちょっとだけ泣いた。

＊

しんみりしたわりに、当日はいつものお母さんだった。

僕がいいって言うのに直前にあれこれと荷物を用意して、軽いはずのデイパックをぱんぱんにしてしまう。母子手帳ケースもそうだったけど、お母さんはいつも何かをぱんぱんにしてる気がする。

「だってもし、パンツが足りなかったら困るじゃないの」

「二枚あれば大丈夫だよ。夏なんだから、乾くって」

「あ、夏でも電車とかは寒いから、長袖も持ってきなさい」

「わかったってば」

もしものときのお金に、もしものときの薬。そこまではいいとして、もしものときのお菓子って、いったいなんだろう？

「それじゃ、行ってらっしゃい」

一応、最寄り駅までは一緒に来た。だけど改札は出ないと言う。へんなの。お母さんって、ときどき、へんなところで意地っ張りなんだ。

「うん。行ってきます」

「気をつけてね」

僕は少しだけ不安な気持ちで、一歩を踏み出す。改札口を通り過ぎて振り返ると、お母さんがひらひらと手を振っていた。なんだか、喉の奥がぎゅうっとなった。

小さい子みたいに、泣きながらお母さんに駆け寄ってしまいたい。そんな気持ちが、ぶわっとふくらむ。

（歩き出して、すぐなのに……！）

これじゃ本当に「進ちゃん」だ。僕は弱い気持ちを押しつぶしながら、わざと早足で歩いた。遠ざかってしまえば、このぎゅうっとした気持ちが、薄れるかもしれないと思ったから。

お店が開くのは、夕方。弱いピンクの光が射しはじめた街を歩きながら、僕は自分のつま先を見つめる。去年、お母さんに買ってもらったスニーカー。僕は、どこへ行こうとしてるんだろう。

つま先。地面。つま先。

たがいちがいに足を出していれば、体は自然と前に進む。

つま先。地面。つま先。

このことは、友達には言っていない。小さい頃からの友達である、コウタにさえも。

（言ったら、力になってくれた）

そんなの、言わなくたってわかる。コウタはバカで騒がしいけど、本当にいいやつだから。

昼間の暑さが、地面からもわりと立ちのぼる。

(どうしたいんだろう)

男らしさを知りたいと思ったのは本当で、でもこうなってみると、もうそんなことはどうでもいいって気もする。

(会って、何を言えばいいんだろう)

やっと会えた？　パパ？　進だよ？　覚えてる？　会いたかった？

つま先。地面。つま先。

(ばっかみたい)

現実は、泣けるドラマじゃない。そんなこと、恥ずかしくて言えないし。

デイパックの肩ひもを、ぎゅっと握りしめる。

(じゃあ、なんて言おう)

つま先。地面。地面。

足を、止めた。

自分が産まれてきた、原因のひと。お母さんと、つきあってたひと。でも僕が産まれる前から、いなかったひと。

（ひどいよ、ね）

よくわからないけど、こういうとき、普通は生活費をくれたり、たまに会ったりするんだと思う。でもそのひとは、一切何もしてこなかった。

（お母さんが、断ったのかな）

それでも自分の子供に会いたいと思ったら、お母さんにナイショで会いにきたりするんじゃないだろうか。

地面。そこにぽたりと、水が落ちた。

（会いたく、なかったんだ）

地面。地面。雨は、降ってない。

（連絡すら、したくなくて）

地面。地面。地面。

僕はうつむいたまま、口をぎゅっと閉じる。泣くもんか。

泣くもんか。泣くもんか。泣くもんか。

こんなの、わかってたことじゃないか。

もう、ずっと前から。

会いたくないと思ってる相手に、会う。

（ひどい態度をとらない、って言ってたけど）

それって、いいことには思えない。だってもしかしたら、すごく表面的に謝られて、息子扱いされるってだけかもしれないし。

（いきなり頭なんかなでたら、振り払ってやる）

ホストをやってるくらいだから、きっと愛想のいい人なんだろう。でも、名前を言って微笑まれたりしたら、ダメだ。きっと僕は、その人のことを許せなくなる。

簡単に笑うな。簡単に受け入れるな。

僕たちのチームが、どんな風に闘ってきたかも知らないくせに。僕が、どんな風に歩いてきたかも知らないくせに。知ろうともしなかったくせに。

（——会わない方がいいのかな）

ここへ来たのは、前向きな気持ちからだった。なのに。

地面。地面。水滴の跡が増える。

地面。地面。憎むために来たわけじゃない。

地面。地面。地面。

立ち止まってうつむく僕を、たくさんの人が追い越していく。

デイパックが重くて、もう歩けない。

地面。地面。赤いつま先。

（――？）

目に入ったのは、ハイヒールの靴。つま先が、僕の方に向いている。

顔を上げると、すごく背の高い女の人がいた。

「もしかして、神保進くん？」

いきなり名前を呼ばれて、どきんとする。しかもその声は、妙に低い。

「あ……」

びっくりして、声を出せずにいると、その人はかがみ込んでくれた。

「違ったらごめんなさいね」

ぴったりした上着に、ひらひらしたズボン。髪は長いけど、もしかしてもしかする？

「ち、違ってません」

「ああ、よかった。あたしはジャスミン。お母さんから、聞いてない？」

「聞いてました」

女の人だって。でも、やっぱりこの声は。

「進くん。おかまを見るのは、初めて？」

いきなり言われて、ついうなずいてしまった。

「あ、あの、すみません」

するとジャスミンさんは、声を上げて笑う。

「その反応。誰かさんにそっくりだわ」

「誰かさんって――お父さんのことですか」

「ええ。顔も似てるわね。ただ、進くんの方がずっと大人な雰囲気だけど」

ということは、お父さんは子供っぽいタイプなのかな。そう考えると、会うのがさらに嫌になってくる。

「あの、僕やっぱり――」

「帰る？」

はい。そう言おうと思ったのに、口がうまく動かない。

「なんでもないです」

唇を嚙み締めたまま、下を向く。まだ、赤いつま先が見えていた。

そのとき、ふっとほっぺたが温かくなる。

「せめて、見ていきなさい」

「――え？」

ジャスミンさんが、両手で僕のほっぺたを包んでいた。

「ここまで来るのに、どれだけ頑張ったの？　どれだけの気持ちを振り絞って、お母さんとお話ししたの？」

「あ……」

「帰るのは、簡単よ。でも、進くんはもう前と同じには戻れないわ」

戻れない？　僕が首を傾げると、ジャスミンさんは微笑む。

「だってあなたは、知ってしまった。自分のお父さんが生きていること。そして、この街に、この店にいることを」

真っ赤な口紅や長いつけまつげがすごいけど、すごく優しそうな顔だった。

「もしここで帰っても、あなたはきっとまたこの店の前に来るわ。そして同じことを繰り返す。そんなことを繰り返しているうちに、時間が経ってしまったら――」

どうなるの、と聞く前に唇が動いた。

「きっと、もっと会いにくくなるわ」

胸の辺りが、重くなった。わかってるよ、そんなこと。

「だからね。せめて、見ていきなさい。それだけでも、違うはずだから」

こくりとうなずくと、両手に少し力が入った。むにゅっとほっぺたを潰されて、僕はビミョーな気分になる。

このひとは、いい人だ。でも。

「ね。裏から見える場所に案内してあげる」

両手を握りしめる。ぽたり。今度落ちたのは、汗だ。

「そこでパフェでも食べましょう。うちのパフェ、おいしいのよ」

立ち上がったジャスミンさんに、軽く背中を押される。でも、僕の足は動かない。

地面。汗のしみ。地面。

ごめんなさい。いい人なのに。ごめんなさい。馬鹿にするな。

「ああ。やっぱりホストクラブなんて、子供には怖いわよね？　おかまだって、コドモには気持ち悪いし」

デイパックの肩ひもを、強く握りなおす。

「――気持ち悪くなんか、ないです」

そう言って、もう一度唇を嚙み締める。地面。

「心配しないで。見たらすぐに駅まで送って、お母さんに届けてあげるから」

地面。地面。

空。

ぐんと、顔を上げた。

夕暮れの、うす明るくてうす暗い、空。

「表から、一人で行きます」

そう言うと、ジャスミンさんは少し驚いたみたいだった。腕組みをして、「ふうん」とつぶやく。もしかしたら、怒らせちゃったのかな。そう思っていると、また軽く腰を屈めてくれた。

「いいわ。じゃあ打ち合わせしときましょ」

「打ち合わせ?」

「だってあんた、驚かせたいんでしょ?」

それを聞いて、僕はようやく自分のやりたいことがわかった。僕は、予告をしたくなかったんだ。いきなり現れて、こんな子供がいるぞ。こんな風に育ってきたぞ。さあ、どうだ。そんな風に、お父さんに突きつけてやりたかったんだ。

そうやって僕を突きつけたら、お父さんがどんな顔をするのか、見たかった。見て、やりたかった。

「驚かせたいです」

そう答えると、ジャスミンさんはにいっと笑う。ちょっと、魔女みたいだった。

＊

男の人と女の人が、人前で平気でキスをしてた。そんな中を、できる限り背筋を伸ばして、堂々と歩く。

「どうする？　呼んでこようか」

案内してくれた彼が、腰をかがめて耳もとで囁いた。ふわりと香水が匂う。けれどその香りをふりきるように、強く首を振った。

「いい。自分で行くから」

「え。ちょっと」

制止しようとする彼の腕をすり抜けて、ソファーに近づく。

そこにいたのは、写真のイメージ通りにちゃらちゃらしたひと。でも、写真より服が普通なせいか、カッコよくも見えた。

（カッコ悪かったら、ホストにはなれないか）

僕は心の中で突っ込みを入れてから、そのひとの前に立つ。

「初めまして、お父さん」


たぶん、本当に知らなかったんだろうな。ふてくされたような顔を見ながら、僕は思った。

お父さんは、びっくりして、怒って、お母さんの名前を聞いて、ビビってた。オトナとしてそれはどうなのって態度だったけど、嘘じゃない感じがした。

だから、ほっとした。

知らなかったなら、しょうがないことがたくさんある。

そして知ったあとの態度も、嘘っぽくなかった。ちょっと疑いながら、あり得ない展開に怒りながら、それでも一緒にお店を出てくれた。オトナとして、それはどうなのって態度で。

僕をお店で追い返すこともできた。言葉だけ優しいことを言って、その場をやり過ごすこともできた。でも、お父さんはそうしなかった。

だから、ついていってみることにした。

お父さんは、短気で、口が悪くて、バカだった。それを見ていて、お母さんはどうしてこんな人とつきあったんだろうと不思議に思った。

(……顔?)

なのかな。でもこの人よりカッコいい人なんて、いくらでもいそうな気がする。たとえば、今一緒にいる雪夜さんって人とか。

(お母さんが僕のこと黙ってたのは、この人と結婚したくなかったから?)

かもしれないなあ。部屋を見て、本当にそう思った。洗濯物の山に、分別されてないゴミ。部屋の隅にはほこりが積もってて、冷蔵庫の中はからっぽ。

(男っぽい、ってだらしないってこと?)

そんなことを考えながら、僕はついその部屋を掃除してしまった。これじゃまた「お母さん」だ。けれど、その場にいたオトナたちはみんな僕の言うことを聞いてくれた。そして、ほめてくれた。

悪い人たちじゃない。それはよくわかった。でもいい人かどうかは、まだわからない。そして僕もまだ、お父さんに何を言いたいのかわからない。だから強引に、居座ってみることにした。

寝るときは、怖かった。優しい雪夜さんと、楽しいナナさんが帰ってしまった部屋。むっつりとして目つきの悪いお父さんと、二人きり。僕はいびきが聞こえてくるまで待ってから、汗臭いタオルケットの中でこっそりお母さんにメールを打った。

『とりあえず、いさせてくれるみたい。大丈夫』

強がりだった。ぜんぜん、大丈夫じゃなかった。知らない街で、初対面の人の部屋にいて、もう自分がどうなるのか、ぜんぜん、わからなかった。

あんまり眠れなかったのに、翌朝はすごく早く目が覚めた。だから、外に出てみた。ドアを開けたら夏の朝はもう明るくて、でも街に人の気配はなかった。

(こんなの、初めてだ)

早起きしたことはある。お母さんと一緒に、朝早く家を出たこともある。でも、こんな風に一人で誰もいない街を歩いたことはなかった。

湿気を含んで、どこかひんやりとした空気。開きかけの朝顔。遠くで新聞配達をする、バイクの音。

わくわくした。

冒険だ、と思った。

足が、自然と地面を蹴る。

軽く小走り。もっと、わくわくした。だからもうちょっと、蹴る。蹴る。蹴る。蹴る。

ぐんとスピードを上げると、風がほっぺたに当たった。気持ちよくて、目を細める。

どこへ向かっているのかわからないけど、それでも楽しい、と思った。このままひとりで、どこまでも行けそうな気がした。

そのまま数ブロック走って、僕はコンビニを見つけた。見つけた瞬間、立ち止まる。昨日は緊張してうどんしか食べられなかったから、お腹が減っていたのだ。

でもお財布は持ってきていないし、とりあえずあの部屋に帰るしかない。僕は回れ右をすると、また地面を蹴って走り出す。

大丈夫な、気がした。

＊

そのあと色々あって、さらに冬休みにも色々あって、僕は六年生になった。

男らしさについては、いまだによくわからない。あだ名は「お母さん」のままだし、料理は前より上達してしまっているけど、それでもまあいいかなと思えるようになった。

お母さんとふたり家族なのは、変わらない。チームのコンビネーションはさらに良くなって、最近はメールで夜ご飯のおかずの打ち合わせなんかもしてる。

三人で暮らせたらいいな。冬休みのあとはそんなことも考えたけど、今はもうどっちでもいい。何かあったらすぐに会える距離にいるんだし、なにより家が二つあるのって、悪くないと思うから。

この間、軽い風邪をひいた。そこで僕は保険証を出すため、久しぶりにあの引き出しを開けた。すべてのきっかけとなった、あの引き出し。ぱんぱんの母子手帳ケースは、相変わらずぱんぱんのままそこにあった。せっかくあのとき僕が整理したのに、お母さんはその上からまた紙を詰め込んでいる。

「あーあ」

中身を落とす前に、僕はテーブルへとそれを運ぶ。そしてふと、カバーのポケットの奥を探る。あった。例の写真。前と変わらず、お父さんはこっちに向けてメンチを切ってる。

でも、写真を出してもポケットには何かが残っていた。なんだろうと思って引っ張りだしてみると、それは僕とコウタが持ってきた婚姻届だった。お父さんの認め印つきだから、いつでも出せる。

僕はそれを見て、ちょっと笑った。

お母さんって、ホント、こういうとこが頑固なんだよね。

＊

マックのポテトを齧りながら、コウタがため息をもらす。

「つかさあ、俺たちもいつかチューとかできんのかな」

「なんだよそれ」

「だって来年、中学だろ？　したらもう、カノジョとかいるやつ、ばんばんいるんじゃね？」

「そうかもね」

「だから、進はなんでそんな冷静なんだよ！」

テーブルを叩くコウタに向かって、僕はにやりと笑う。

「そりゃあやっぱり——モテモテ男塾、第一期塾生だからじゃない？」

「うわ、ずりーよそれ。そういう塾なら、今から通いたいし！」

まあまあ、と言いながら僕は窓の外を見た。

六月。晴れた青空が、どこまでも続いている。

また、夏が来る。

僕は、どこへでも行ける。

06
Holiday
In
*
Tsukasa
Sakaki
ジャスミンの残像

ものすごく久しぶりに、ファストフードの店に入った。そしてものすごく久しぶりに、がっかりした。でも、このがっかりは想定内。だからいいの。

おもちゃみたいなトレイに載った、おもちゃみたいな食べ物。

ドリンクは濃縮液を炭酸で薄めただけの安い味で、ハンバーガーはバカみたいに素っ気なくパサついてる。映画や小説の翻訳でたまに目にする「段ボールみたい」って、たぶんこういう感じなんでしょうね。

それからポテト。かりっとしてるのはいいけど、やっぱり油が悪い。冷たいドリンクを飲むと、口の中に油脂《ゆし》の膜が張る感じ。たぶん動物性かショートニング系の、あれよね。

まあ、総じて食べられないほどまずくないけど、「こんなもんだろ」って味。でも、これって案外タチが悪い。まず食べ物を、尊敬できなくなる。それゆえに、扱いが粗雑になる。だからあたしは、こういうファストフードが好きじゃない。好きじゃない。けど。

けどね。嫌いでもない。そこが問題。

あるでしょ、そういうのって。だから年に一回くらい、妙に食べたくなる。そして食べるたび、ああ、やっぱりまずかったって思う。それで、安心する。

おままごと遊びみたいな食べ物を前にして、ふとあたしは思う。

おもちゃみたいなものを嬉々《きき》として食べてるおかまって、すでにホラーよね。せめてドリンクは、コーヒーにすべきだったかしら。

おもちゃみたいな食べ物は、似合う年齢ってものがある。

ボックス席で、ひとつのポテトを分け合っている少年たち。小学校の、高学年かしら。可愛らしい。ハンバーガーショップが、どこか駄菓子屋っぽく見えてくる。

それから、一杯のソーダでずっとねばってる女子高生。喋っても、喋っても、喋り足りないのね。その気持ち、わかるわ。女子高生だったことはないけど。

ぞろぞろ入ってきて、ハンバーガーだけ山のように買って行ったのは、スポーツバッグを持った男子の集団。壁際のカウンターで教科書を開いてるのは、大学生の試験勉強ってとこかしら。

若い人と、ファストフードはよく似合う。

そしてファストファッションも、また。

（若さは、速さなのかしらね）

指についた塩を舐めながら、窓の外を見る。よく晴れた秋の空。

誰よりも速かったあの子は、今どうしてるのかしら。

＊

目の前をひゅん、と何かが通り過ぎた。

「なに？」

車じゃない。でも、同じぐらい速いもの。

思わず目で追うと、背中が見えた。自転車か。

（最近、こういうのが多くて嫌ね）

ぶつかられたら、洒落にならないんだから。そう思った矢先、少し離れた場所から大きな音が聞こえた。どんがらがっしゃん。

ほら、言わんこっちゃない。

首を突っ込む気はなかったけど、進行方向だったのでなんとなく見た。たぶん、スピードを出しすぎてハンドルを切り損ねたんでしょうね。大通りから横道に入ったところで、自転車と人がひっくり返っていた。

「いってえ！」

声を上げてるなら、大丈夫そうね。あたしはそのまま、その場所を通り過ぎようとした。すると今度は背後から、声が聞こえた。

「待ちやがれ、この野郎！」

あらら。逃走劇の最中だったみたいね。あたしは倒れてる人をちらりと見る。若い、男。だぶついたジャージに、傷んだブリーチの髪。足もとはおかしなサンダルで、まんまヤンキー。

趣味じゃないわね。そう思いながら、追っ手の方を振り向く。こっちはこっちで、バカみたいに胸元の開いたシャツに金の鎖。まんまそっちの会社のヒト。

拾うどころか、かかわり合いになるのも却下。けれどまあ、通報義務くらいは果たしてあげてもいいと思って、成り行きを見守ることにした。

だってほら、あれよ。若い子がひどい目に遭うのをほっといたら、寝覚めが悪いじゃない。たとえそれが、自業自得だとしてもね。

けど、予想に反して若い子は逃げなかった。立ち上がり、正面を向いて追っ手の男を待つ。そして殴り掛かってきた男を、真正面から受け止める。ううん、器用によけたわけじゃない。ごつん、と音が聞こえた。

それから、殴り返す。今度もまた、ごつん。怒り狂った相手が、再び拳《こぶし》をふるう。受ける。返す。受ける。それを数回、繰り返した。不器用なケンカ。それにつきあう男も、人がいいと思っちゃうのは甘すぎかしらね。

そしたら、呆気《あっけ》なく追っ手の男がダウン。さて、どうするのかしら。とどめを刺そうって言うなら、それはそれで通報しなきゃいけないけど。

若い子は追っ手の男を見下ろすと、手を伸ばして男の腕を摑んだ。そして道の端にずるずると寄せる。

「ここなら轢《ひ》かれねえだろ」

それを聞いて、思わず噴き出した。あたしの笑い声に、若い子が初めてこっちに視線を向ける。

「こんな細い道、車は入れないわよ」

強い目。尖ってて、いかにも若者らしい。

「ああ、そっか」

言いながら、目を外さない。あたしが敵かどうか警戒してるのね。

「あんた、プロレス好きでしょ」

「ふん」

倒れた自転車を起こして、再びまたがる。

「そっちのヒトも、好きだったみたいね」

気を失ったままの男を指さすと、首をかしげた。

「わかんない？」

「わかんねえよ」

あたしは男に近寄ると、かがみ込んで胸元とヒップポケットのあたりを探る。やっぱりね。

「ほら」

飛び出し式のナイフ。ま、ドスじゃないからカジュアルな威嚇《いかく》用ってとこでしょうけど。

「違う方法もとれたのよ。でも、あんたにつきあってあげた」

「ああ……」

黒くなりかけた金髪を、片手でぐしゃぐしゃとかき回す。

「違う結末になってたかもしれない。次は気をつけるのね」

ナイフをもとの場所に戻して、あたしは踵《きびす》を返した。瞬間、背中に声が投げつけられる。

「安全なとこから、もの言ってんじゃねえよ」

はい？

「それ、どういう意味？」

くるりと振り向くと、自転車にまたがったまま、こっちを睨みつけてきた。

「違う方法でどうかなってても、それは俺の問題だ。あんたに口出しされることじゃねえよ」

あら、生意気。

「あっそう」

くやしいから、ちょっとお返ししてやる。

「にしても、ママチャリでカッコつけられてもねえ」

鼻で笑ってやると、軽い怒りが伝わってきた。

「うっせえよ！」

そのままペダルに力を込め、あたしの横を通過する。

最初と同じ、ひゅんという風音。直後。

今度はもっと大きな音と、悲鳴があたりに響いた。

＊

軽自動車相手の、交通事故だった。

悪いのは、路地から飛び出した若い子。それでも軽自動車の運転手は、青ざめた顔で車から出てきた。可哀相に。あなたに責任はないわよ。

「生きてる？」

地面に倒れたままの若い子に向かって、あたしは話しかけてみる。

「――ああ、まあ」

返事ができるなら、大丈夫そうね。血も、そんなに出てないし。

「何か、してほしいことはある？」

あたしがたずねると、ちょっと考え込んでから答える。

「あー、通報とか、救急車とか、いらねえから」

「あら残念。救急車は、事故のお相手が手配済みよ」

それを証明するかのように、遠くからサイレンの音が聞こえてきた。するとその子はがばりと身を起こす。

「やっべ」

「あんた、そっちはまずいの？」

「まずいっていうか、まずい。サツは？　俺は気にしねえから、通報しないでくれって言ってくれよ」

まあ、確かに大丈夫そうではあるわね。そこであたしは運転手に近寄り、あの子が示談を希望していると伝えた。すると相手も、明らかにほっとした顔をする。そりゃそうよね。この軽、どうみたって営業車だもの。

「まあでも、タダってのは可哀相よ。あの子、若いし。交通裁判になったら、勝てないケースよねえ？」

あたしが言うと、相手の男はちょっと嫌そうな顔でうなずいた。あらら、もしかして当たり屋の片割れとでも思われたのかしら。

「後で病院に行くから、脳の検査代くらい出して」

あ、保険証ないから実費でね。そうつけ加えると、さらに嫌そうな顔になる。

「お前、なんで保険証ないとか知ってんだよ」

足もとから、声がする。

「まずいって言い張る人間は、身元が後ろ暗いものよ。違う？」

「うしろぐらい、なんだよ。俺は上向いてるだろが」

あら、思ってたよりお馬鹿さん。それとも頭を打ったせい？

でも、馬鹿って嫌いじゃないのよね。

そこがまた問題。

ひきとるのは、簡単だった。

身元引き受け人になって、病院の会計を済ませただけ。料金は事故のお相手が出した金額で事足りたし、怪我もたいしたことはなかった。ま、鎖骨とあばらに軽くヒビが入ってたけど。

なのに、生意気なの。

「いや、世話にはなんねえよ」

湿布とコルセットでぐるぐる巻きになってるくせに、病院の椅子でふんぞり返る。

「なに言ってんの。行くとこないくせに」

「あるって」

嘘つきなさい。そう言うと、若い子は海に近い街の名を口にする。

「あっちに帰れば、泊めてくれるダチもいるし」

「電車代もないくせに」

「だから、チャリで帰ろうとしてたんだろ」

うっそ。あたしが笑うと、ぎらりと睨みつけてくる。

「だってあんた、軽く百キロはあるわよ？」

「それがどうした。漕《こ》いでりゃ、いつか着くだろ」

「でもその自転車も、ぺしゃんこなんだけど」

そう告げると、小さく舌打ちしてぼそりとつぶやいた。

「なら、歩くしかねえだろ」

頑固すぎ。だからちょっと、ずるい言い方をしてみる。

「おかまの家に泊まるのが、怖いの？」

すると案の定、「はあ？」と言いながら顔をこっちに向けた。

「怖いわけじゃねえよ」

いきがっては、いない。ごく普通のテンションで、そう言った。それが、気になった。だってこういうとき、たいがいの子は脊髄《せきずい》反射的にテンションが上がる。「怖くねえよ！」。それを怒って言うか、笑いながら言うかで、ある程度の判断ができるのだけど。なのに、この子は。

「これ以上、借りを作るのが困るっつうか——嫌なんだ」

世話になっといて悪りいけど。そう、答える。

「借りを返せ、って言うつもりはないけど」

すると若い子は、打ち身に顔をしかめながらゆっくりと首を上げてあたしを見た。しっかり、見にきた。

「——なに？」

「いや。やっぱなんていうか、借りは作りたくない感じなんだよな。あんた」

「それって褒め言葉？」

「わかんね。でも、雑魚《ざこ》っぽくねえよ」

あら。これは案外。あたしは思わず、若い子の目を見つめ返す。

ふんふん、もとは悪くない。というより、いい方ね。

「んだよ」

眉間に皺を寄せて、瞬時に見返してきた。それがあまりにヤンキーらしくて、ちょっと笑ってしまう。メンチの方が、脊髄反射的に刷り込まれてるのね。

「ねえ。そもそも現時点で、あんたはあたしに結構な借りを作っちゃってるわよね？」

「ああ――そうだな」

「それ、あたしのところに来たらチャラにしてあげる」

「なんだそれ」

「タダ飯食わせて、ヒモ扱いしようっていうんじゃないわ。怪我が治ったら、ちゃんと働いてもらう」

あたしはクラッチバッグから名刺を取り出して、若い子の前に差し出す。

「『クラブ・ジャスミン』――？」

いぶかしげな顔の若い子に向かって、あたしはにっこりと微笑んだ。

＊

まあね、一応おかまと名乗る身として、若い男の子は好物よ。でもね、あたしにだって好みっていうものがある。

「うお、うんこしてー。トイレ開けてくれよー！」

「ちょっと、店内でうんことか言わないでちょうだい！」

「開店前だろ。いいじゃねえか。つか、うんこしてえんだって」

「うんこうんこうるせえよ」

古参のホストに言われて、あたしははっと我に返った。なんなの、この惨状。

「面白い奴ですね」

ふらりと入ってきた雪夜が、若い子を眺めて言った。

「あれがヤマト？」

「そう。拾ってみたのはいいけど、なんかあの子、調子狂うのよね」

何が問題だったのかしら。あたしは自分の行動をつと振り返る。

人を拾うのは、これが初めてじゃない。性的な関係がない相手だって、たくさんいた。一緒にご飯を食べて、喋って、あたしはそのたびに楽しんだ。楽しみながら、ついでにそれが相手のためになればいい、そういう立ち位置だった。

今だって、そう思うのは同じ。なのに、なんでこんなにヘンな感じになるのかしら。

「あー、すっきりした」

トイレから出てきたあの子を見て、あたしはがっくりとうなだれる。なんなの、あれ。優雅さのかけらもない感じ。見た目を取り除いたら、単なるおっさんじゃないの。

「ちょっとヤマト！　スーツで手を拭くのはやめなさい！」

ああ、あたしの教育って、何だったのかしら。一応、店に出しても恥ずかしくない程度には色々教えたつもりだったけど。

「子供みたいな奴ですね。あなたが拾うにしては、珍しいタイプだ」

「そう？　拾うにあたって、分け隔てはしていないつもりだけど」

あたしの言葉に、雪夜が優しく微笑む。極上の王子様スマイル。まだ仕事の時間じゃないのに、サービスは欠かさない。それが彼のこわいところ。

「洋服や恋と同じですよ。本人は違うと思っていても、他人から見たら似たものを選びがちだ」

「――そうかもしれないわね」

ホントにこわい奴。だから全面的には、好きになれない。いえ、好きにならない。

「雪夜だっていつも、寂しい方を選ぶものね」

「どういう意味です？」

王子様スマイルが、ふっと消えた。これ、案外たまらないのよね。

自分じゃ気づいてないみたいだけど、雪夜の魅力はこの落差だと思う。浮世離れした王子様みたいなキャラの下にいるのは、水商売の街で何年も生き抜いてきた、冷徹なリアリスト。でも、そのリアリストは、超がつくほどの寂しがり屋。

これにきゅんとこない女って、いる？

「売れ残りのペット。多数派に支持されない、地味な小説。泣きそうな顔で笑う女の子。——他にも言ってほしい？」

「降参です。僕が悪かった」

両手を挙げて、雪夜が苦笑する。

「少しは手加減して下さいよ。他のホストには、もうちょっと優しいくせに」

「あら、対等と思っているからこそよ。評価されたと喜ぶべきだわ」

これは本音。雪夜はいつか、この店を出て自分で何か起業するだろう。もししなければ、あたしが後継者に選ぶだけのこと。

とはいえ、近親憎悪ってのもあるかもしれない。

「で、あいつの面倒は誰がみるんです？」

他人事《ひとごと》のように言うから、さらりと返してやる。

「あなたよ」

「は？　嘘でしょう？」

ふふ。久しぶりにびっくりした顔を見てやった。

「嘘じゃないわ。他の子は今、みんな下の子を抱えてるでしょ」

「あ、でもあいつとか」

雪夜が指さしたのは、水商売ずれした子。そつはないけど、華もない。

「あの子にヤマトを掛け合わせても、これっぽっちも面白くないわ」

「僕だったら、面白いと？」

「どうかしら。少なくとも、退屈はしないような気がする。正反対のものって、案外相性がいいものよ」

困惑する雪夜に、あたしはくるりと背を向けた。あなたもせいぜい、ペースを狂わされるといいわ。

＊

ヤマトはとにかく、子供っぽい奴だった。よく怒りよく笑い、よく食べてよく眠る。ヤンキーのくせに、妙に健康的な感じがするのは、実際体が健康だからかしら。

「クスリとかアルコール依存とか、そういう気配はないですねえ」

ま、酒は好きみたいですけど。バーテンダーはグラスを拭きながら、静かに答える。

「なら、まあいいわ」

あたしはカウンターに寄りかかって、XYZを唇に運んだ。

「お客さまの反応は、どうかしら。見たところ、そこまでの問題はないようだけど」

「そうですね」

この街でもう二十年も酒を作り続けてきた、バーテンダー。彼を引き抜いて以来、その目をあたしは頼りにしている。ホストでもなく、裏方でもない。一歩引いたところから店を俯瞰《ふかん》する彼の目は、どんな防犯カメラよりも役に立つ。

「一般的な意味では、接客に問題ありです」

そうでしょうね。ちょっと喋るとすぐボロが出るし、お客さま相手でも不満を隠そうとはしない。バカもただ漏れ。

「しかし不思議なことに、ほとんどのお客さまはそれを不快には感じておられないようです。むしろ、好まれている方が多いかと」

「――なるほどね」

それはまあ、わかる。嘘が当たり前のこの街では、感情を正直に出す男の方が希少価値があるから。

「雪夜は？」

「はじめは多少、手こずっていたようですが。それでもすぐに操縦のコツを摑んだように見えます」

さすが、と言いたいところだけど、ヤマトに限ってはそうでもない。だって、ものすごくわかりやすいもの。

でも、そのわかりやすさが、いいんでしょうね。ほら、こっちの世界の人間って、ひねくれ者が多いから。

「まあひと言でいえば、愛される馬鹿でしょうね」

バーテンダーは、雪夜とヤマトのテーブルを眺めて、軽く目を細める。

ほら、あんただって。

馬鹿は嫌い。でも、ヤマトは本質的な意味で馬鹿じゃなかった。

「なあ。これの続き、ないのかよ」

あたしの部屋でＤＶＤを観ながら、エンドロールの画面を指さす。

「ないわよ」

「うっそ。マジかよ」

内容は、一応ミステリー。殺人犯は捕まるけど、その動機が最後まで明かされない。つまり、関係者は心にもやもやを抱いたまま終わる。

「そういう終わりなのよ」

あたしが言うと、ヤマトはこっちに背中を向けたまま頭を抱えた。

「ねえだろ。だってひでえだろ、こんなの。サツはいいとしても、殺された奴のガキとか、かわいそすぎんだろ。『パパ、パパ』って探してるのによ」

「そうね。かわいそうね」

「それにこの奥さん、いきなり死体安置所に呼ばれた上に、ガキと二人で残されて、これからどうすんだよ。ガキに親父が死んだ理由を聞かれたら、なんて答えればいいって泣いてんじゃねえか」

「なんて答えるんでしょうね」

「ていうかよお、これって事件が解決したって言えるのかよ？」

「さあ、どうかしら」

答えながら、こみあげる笑いを必死で押し殺す。なんていうか、ブラボー。この映画の監督さんに、聞かせてあげたいくらいの模範解答。

「わっかんね。なんでこれが名作とか言われてんのか、ぜんぜんわかんねえ」

頭を抱えるヤマトのもとに、あたしは近寄る。

「それが答えよ」

「はあ？」

「殺人事件は解決しても、周囲にこれだけのしこりが残る。やったことと、やられたこと。本当の解決とは何か。そういうことについて、観た人自身に考えてもらうことが、この映画の結末なんじゃないかしら」

言いながら差し出したティッシュを、ヤマトは無視する。

「袖口で鼻水拭くのはやめなさい」

「うっせ」

「小学生レベルね」

「うっせうっせ」

鼻をすする音を聞きながら、あたしは声を上げて笑った。こんなに笑うのは、久しぶりだった。

＊

なかなかの拾いものだったわね。

ヤマトを店に出すまで、あたしは心からそう思ってた。

なぜならヤマトは同居人として気持ちのいい奴だったたし、見ていても退屈しなかったから。でも、それは彼の一面に過ぎなかった。

「今日から仲間入りする、ヤマトよ。面倒見てあげてね」

開店前のミーティングで紹介すると、スタッフ全員がヤマトの方を見た。おおむね好意的か無関心な視線だったけど、中には好戦的で値踏みするような視線もあった。

そしてヤマトは、そんな視線に即座に反応した。

「なんだコラ。やんのか。ああ?」

あたしの隣で声を上げたヤマトを、視線の主たちが冷笑する。

まあ、こんなのは通過儀礼みたいなもの。若い男が集まってるんだから、強者と弱者のかけひきはあって当たり前。

そんな中、にやにや笑う先輩たちに向かってヤマトは言い放つ。

「ざけんなコラ。バカにしてんじゃねえぞ。このホストが」

次の瞬間、ざわめきが消えた。

笑っていなかった男たちの顔にも、明確な嫌悪の表情が浮かぶ。これはちょっと、まずい。

そこであたしは、片手を頭上に高々と挙げ――。


思い切り、振り下ろした。


「いってえええええ!!」

背後から、脳天を拳で直撃されたヤマトは、その場で頭を抱えてうずくまる。

「な、に、しやがる――」

痛すぎて、声も出ないらしい。一応、リングの飾りは内側に回しておいてあげたんだけど。おかまの情けってやつよ。

「されるようなこと言ったからでしょ。馬鹿じゃないの。あんたも今日からホストだってのに」

あたしが言うと、ヤマトはつかの間、ぽかんとした表情を浮かべた。やだ、ホントにいけないとこ叩いちゃったかしら。そう思っていると、あたしを見上げたまま、ごく普通のテンションで言った。

「あ、そうだった」

それを聞いた全員が、爆笑。

そしてヤマトは頭をさすりながら立ち上がると、あらためて冷笑の主たちを見た。

「ざけんなコラ。バカにしてんじゃねえぞ。悪かったな。この――センパイ野郎が」

コントみたいな流れ。もう、全員がその場に笑い崩れそうになった。

「謝ってんのか喧嘩売ってんのかどっちだよ」

「いや、敬《うやま》ってんだろ」

「わけわかんねえ」

乱闘に発展しそうだった雰囲気が一気に和《なご》んだのは、ヤマトの言動に嘘がなかったから。その場を取り繕《つくろ》うための言葉なら、ああはならなかった。

頭に血が上るのも速ければ、下がるのも速い。

ヤマトは馬鹿だけど、スピードに従っている限り、結果オーライなところがあった。

そしてこの日以来、ヤマトは店のスタッフ全員を身内とカウントしたらしい。

「なんかあいつ、ヤンキー上がりっていうより、ムカシのヤクザっぽいっすね」

ヤマトと何度かぶつかっている若手ホストが、言ってきたことがあった。

「ムカシのヤクザ？　どういうこと？」

「なんて言うか、仲は良くないんですよ。今でも。けど、外に向かったときには俺までかばうんですよ、あいつ」

おかしいすよね。そう言いながら、セットされた頭をかく。

「なんか、調子狂うんだよな。相変わらずムカつくんだけど」

つかあいつに客つくの、なんか許せないんですけど。そうあたしに訴えて、彼は戻って行った。

まあね。あたしだって最初は、ヤマトを正規のホストとして使おうなんて考えてなかった。どうせ長くいないだろうし、いいとこ用心棒って感じの位置づけ。でも顔も悪くなかったから、店内のもめごとに対応できるよう、『ホストもできる用心棒』にしようと思ったわけ。

そのために、教育を施した。

だって知性のある粗野な男って、ものすごくセクシーでしょ？

そしたら案外、いけちゃったのよね。用心棒以上に、ホストが。

ま、唯一の誤算はセクシーよりも笑いが勝ってたことかしら。


義理人情に厚くて、言葉や態度を飾ることができない。まるで昭和のお父さんみたいだけど、ヤマトには確かに人を引きつけるところがあった。

「あんた、仲間や後輩がたくさんいるんでしょう」

あたしが言うと、ヤマトはにやりと笑う。

「ああ。まあ、多い方だな」

だったら、帰る場所もありそうなものだけど。なのにヤマトはなぜか、この店に留まっていた。

「もう、充分に義理は果たしたわよ」

お給料を渡すときに告げると、ゆっくりとうなずく。

「ああ、うん——」

「あとは、あんたの好きにしていいわよ」

言外に、出ていってもいいと匂わせてみた。けれどヤマトは、腕組みをしたまま考え込んでいる。そして眉間に皺を寄せ、あたしの顔を見た。

「その――もうちょっと、働かせてくれるか？」

「いいけど」

でも、あんたホストが好きってわけじゃないでしょう。そう返すと、「嫌いでもねえよ」と答えた。すべてにおいて決断の速いヤマトが、そこだけは妙に歯切れが悪い。

だからそこが、一番重要な部分なんだって思った。

「ふうん。じゃあ、いるといいわ」

お金が欲しいのか、帰る場所がないのか理由はわからない。ただヤマトはぽつりと言った。

「事故は、二回目なんだよ」

きっと、そこに何かあるんでしょうね。でも、あえて聞くことはしなかった。

聞いたらどうなるかなんて、よく、わかってるのよ。

＊

満月の頃、妙に店が混むことがある。もしかしたら、女性のバイオリズムに関係あるのかしら。科学的な根拠はないけど、この時期のお客さまにナーバスな方が多いのは確か。

「また今月も、無駄な血を流したわ」

そう言ってうつむいたのは、数年来の常連さん。彼女はひどく落ち込んだとき、ホストじゃなくてあたしを指名する。

「なに。人斬りみたいなこと、言って」

「斬られてる方よ。もうずたぼろ」

カウンターについた彼女は、ワイングラスにそっと両手を添える。その細いガラスに、すがるように。

「お仕事で？」

「ううん。プライベート」

きゅっと目を閉じて、頭《こうべ》を垂れる。綺麗にメイクされた、大人の女性の横顔。外でとても気を張って、日々を生き抜いているのがわかる。

「好きに喋って。あたしの耳には何も残らないから」

彼女の方を見ないようにして、言った。向き合われたくないとき、カウンター席ってとても便利。

「あのね。私、もうすぐ四十歳になるの」

「そう」

「それが、こわくてこわくてしょうがない」

わかるわ。でも、軽々しくうなずくことはできない。あたしたちは、同じ人生を歩いてるわけじゃないから。

「いつかいつかって思ってるうちに、人生の折り返し地点まで来ちゃった。しかも『あ、もうあと半分なんだな』って気づいたのが、つい最近なの。馬鹿でしょう?」

「馬鹿じゃないわ。一生懸命、走り続けてたから、目に入らなかっただけよ」

「でも、立ち止まっちゃった。そしたら、気づいちゃった」

前だけ見て、走っていられる間はしあわせ。それは、本当にそう思う。

「気づきたく、なかった。もっと夢中で気づかないまま、取り返しのつかないところまで、走っていられればよかったのに」

そう言って彼女は、静かに涙をこぼした。

「お願い。シャンパーニュを、開けて」

震える指先に、バーテンダーがそっとフルートグラスを添える。

「お誕生日、おめでとうございます」

他の人には聞こえないほどの声で、彼がつぶやいた。

前だけ見て走っていられるのは、若者の特権かも。ホストの子たちを見ていると、すごくそう思う。

馬鹿みたいなお酒の飲み方をしたり、意味もなく徹夜を繰り返してハイになったり、洋服や車や時計に突然はまって散財してみたり。何を目指してるか、どこへ行こうとしてるのかは、周りにも本人にもまったくわからない。ただ、走ってることだけはわかる。

「かわいくて、憎らしいわね」

テーブル席で盛り上がるホストたちを眺めながら、彼女は腫れぼったい目を細めた。

「そうね。かわいくて、憎ったらしいわね」

　あたしが力強くうなずくと、彼女はようやく笑った。

「――あのくらいの子供がいても、おかしくないのよね。私」

「おかしくはないけど、当然のことでもないわ」

　あたしの言葉に、彼女はきゅっと唇を引き締める。

「ありがとう。そういう風に言ってもらうのは、すごく久しぶり」

「どういたしまして」

　そうなって当然だ、と思われていることはたくさんある。そしてそれによる圧力を感じている人は、男女問わずとても多い。

　わかりやすいのは、結婚や子供を持つこと。だけど、よく考えたらあたしたちは産まれた瞬間から「そういう方向」を期待されているところがある。

　女の子にはピンク、男の子にはブルー。学校は必ず行かなきゃならなくて、集団行動には従わなきゃいけない。

　ただ、そのどれも、死ぬ気で反抗したらなんとかなる。だからそれを知っている人は「そんなに嫌なら、声を上げればいいじゃない」と言う。でもね、死ぬ気になるってかなり大変なのよ。だって、ただでさえ傷ついてるんだから。

　それで本当に死んじゃったら、元も子もないじゃない。心の中でつぶやきながら、あたしは彼女に身を寄せる。

「——ねえ知ってた？　ちんちんがついてたら当然、女性と愛し合わなきゃいけないらしいのよ」

ぷはっ。シャンパーニュを飲み干して彼女は笑った。

「なあに、もう」

「おかしいでしょ。でも、それでいいの。後悔しないとは言わないけど、これでいい。このまま行くの」

今にも壊れそうな、華奢《きゃしゃ》なグラス。その中にすっと伸びる、きらめく道。

泡は、いつだって上を目指している。

「ちゃんと悩んだ道なら、間違いなんてひとつもない。あたしは、そう信じてる」

いいえ、信じたい。

「——親になるって、どんな感じかしら」

柔らかい表情の彼女は、子供みたいな顔で笑うヤマトを見ていた。

「そりゃまあ、ゲームの支配者って感じ？　勝てばデカイし、負けるのもデカイ」

「やあね。それは賭けの『親』でしょ」

ヤマトには、優雅さのかけらもない。ただ闇雲に飲んで、声を上げて、激しく動き回っているだけ。でも、不快じゃない。なぜか眩《まぶ》しく感じる。

それはきっと、前しか見えてないから。

「……親、ねえ」

そのとき誰かのボトルが入り、コールとともに照明が落とされた。つかの間、暗くなった視界に残像の光が踊る。

速く。どこまでも、速く。

＊

とうとう来たか。

その電話に出たとき、あたしは小さくため息をついた。

いつかどこかへ行ってしまうことは、わかってたのよ。

送り出してやりたい気持ちと、黙っていたい気持ちがほのかにせめぎあう。

でも、子供がいるって聞いたら、そうも言ってられないわよね。

そこで雪夜を部屋に呼んで、段取りを相談した。

「おっかしいわね。子供に、子供がいるんですって」

雪夜は静かに、あたしを見る。

「なに」

「いえ」

「気持ち悪いわね。言いたいことがあるなら、言いなさいよ」

強がりよ。わかってる。でもね、見透かされた上で、同情なんかされたくないのよ。

けれど雪夜は、それすらもわかったと言うように小さくうなずいた。

「あなたが、好きです」

「なによ。今さら告白されたって、困るわよ」

「経営者として。個人として。あなたのやり方が、好きです」

まったく、これだからやり手のホストは。あたしは椅子をくるりと回して、書類で顔を隠す。

「僕は、どこにも行きませんから」

「バカ」

あんたもいつか、また走るときが来るのよ。あたしはその言葉を呑み込んだまま、心地いい台詞を味わった。

ホストクラブをやっててよかったと思うのは、こんなときね。

そしてやってきたのは、重そうな荷物を背負った子供。

ひと目で、好きになった。

小さな体に、色んなものを抱え込んで、それでも必死に前を見てる。だから精一杯、応援してあげようと思った。なのに。

「表から、一人で行きます」

びっくりした。応援なんて、必要なかった。可哀相な子供扱いなんか、しちゃいけなかった。子供って、自分で前を向く力があるのね。

あたしは黙って、彼の小さな背中を見送った。

「初めまして、お父さん」

彼が口を開いたとき、ひとつの物語が幕を開けるのを感じた。でもそれは、前の物語の終わりでもある。

ママチャリで疾走していた、ガニ股の残像。あたしの部屋で映画を観て、涙ぐんでいた背中。何度もゲンコツを落とした頭。不器用な手。メンチを切る瞳。

あたしは、悔し紛れにこううそぶく。
あんたなんか、ずっと自転車に乗ってりゃいいのよ。

あとがき

ご存知ない方もおられるかもしれませんが、このシリーズの一作目『ワーキング・ホリデー』は映画化されております。

その、撮影現場にお邪魔したときのこと。

夜の住宅街ロケで、監督の岡本浩一さんは白い息を吐きながら、こうおっしゃいました。

「文章には書かれていないけど、思ったんです。

もしかしてジャスミンは、ヤマトのことが好きだったんじゃないかって」

それを聞いて、私はびっくりしました。なんて深く、作品を読み込んでいてくれるのだろう。文字の上だけじゃなく、描かれていない内面まで掘り下げてくれている。

それと同時に、ものすごく自然にうなずいていました。そうですね。私は気づきませんでしたが、きっとそうだったんだと思います。

なぜなら、そう思って読むと、彼女の言動がすごく納得できたから。

でもそれは、ヤマトの物語では語りきれません。

だから、描こうと思いました。それぞれの始まりや終わり。一人一人のきっかけの物語を。

そんな瞬間を集めたのが、この本です。

ちなみにその後、岡本さんは小さな声でこうつけ加えました。

「でもね、ジャスミンだったら絶対にそれをヤマトには伝えないはず。だから僕、ジャスミン役のゴリさんにだけ、演技指導したんですよ。それ、ヤマト役のAKIRAさんは知りません」

敵を欺くにはまず味方から。岡本さんはミステリ作家もかくやという方法で、画面にリアリティを醸し出していたわけです。

そしてそういう背景を知った後でゴリさんの演技を見たら、これまたすごい。抑えたものと、それでも溢れ出すもの。その表現力に、うなりました。優しい嘘を、感じました。

そしてそんな気持ちには微塵も気づかず、ただまっすぐにヤマトを生きるAKIRAさん。迷いながらもまぶしくて、不器用だけど真摯《しんし》で。その背中は紛れもなく、ジャスミンが見つめていた背中だと思いました。

余談ですが、進役の林遼威くんは、進以上に『進』でした。あんなにしっかりとお仕事をする小学生に、私は人生で初めて出会いましたよ……。プロ、だったなあ。もし機会があったら、そんな彼らを画面でご覧になってみて下さい。

最後に、左記の方々に深い感謝を捧げます。

映画に関わって下さったすべての方々。この本に関わって下さったすべての方々。いつもお洒落な装幀をして下さる石川絢士さん。連載の良き伴走者、斉藤有紀子さん。単行本化にあたってお世話になった川田未穂さん。私の家族と友人。

そして今、この本を読んでくれているあなたに。

それぞれの物語に、幸多からんことを祈ります。

坂木司

文庫版のためのあとがき

なんだかもう、この人たちはわりと近所に住んでいるような気がしてきています。

『ワーキング・ホリデー』というお話から始まったこのシリーズ。もともと主人公の沖田大和は、それまでの作品の中で一番描きやすく、また一番自分に近いキャラクターでした。なので存在が、ものすごく自然でした。

そのせいなのか彼の周囲にいる人もなんだかとてもすんなり出てきて、普通に生きてます。というか自然すぎて「君たちは脇役なのでは？」と自問したくなる場面が多々ありました。

なぜなら、わかるのです。進がどんなときにどんな料理を選ぶのか。ナナの好きなお菓子はどれで、ナナのあげたいお菓子はどれか。はたまた雪夜の買う本や、大東の行きたい旅行先。ジャスミンが休日につける香水の匂いまで。ついでに言ってしまうと、コブちゃんの家族もそこにいますし、リカさんの出勤前の癖も想像がつく。イワさんは夜、九時に寝ちゃうんだろうなあと思うし、ゴリは人間ドックの結果が怖くて封筒が開けられず、そのままテーブルに放置してる気がします。

そんな人たちなので、ちょっと掘ってみようと思いました。そしたらまあ、出るわ出るわ。特に大東は「君、そんな人だったの」という気分です。誰かのことを勝手にわかった気になって「作者でございい」とやっていたのが、なんだか恥ずかしくなるほどに。「解説」で藤田さんが言及されている進の虚勢も、実は今作を書いたときに初めてわかりました。ちなみに雪夜が「地獄に堕としたかった」のはまさにナナですが、それを救ったのはおそらく、進という「前に進む」存在です。

ジャスミンは、いつも自戒をこめた畏れを私に教えてくれます。二作目『ウィンター・ホリデー』で大和に「ゆるやかで穏やかなつながりに変わっていくことを、恐れないで」と言ったのはおそらく、彼女自身がそれを恐れていたからだと思うのです。たぶん、今でも。

最後に、左記の方々に深い感謝を捧げます。

いつも笑顔のK。私の家族や友人。仕事仲間。作品全体にまたがる詳しい解説を書いて下さった藤田香織さん。文庫版担当編集の北村恭子さん。石川絢士さんは今回も素敵な装幀をして下さいました。「人生はそれぞれでも、扉を開けて水場で顔をあわせる」

という無理な注文を、とてもスマートに表現して下さって感激です。さらにこの作品に販売、営業などで関わって下さったすべての方々。そして今、このページまで読んで下さっているあなたに。

あなたの中にも、彼らが歩き回っていると嬉しいです。

坂木司

解　説

藤田香織

俗に。今まで知らなかった、縁がなかった物事に、何かのきっかけで興味を持ったり、関わることになった瞬間のことを「新しい世界の扉が開く」と言います。

もう少し積極的に、自分から一歩踏み込む場合は「新しい世界の扉〝を〟開く」、ですね。街中でふと耳にした音楽をきっかけに、ライブに通うようになった。何気なく入ったお店の料理があまりに美味しくて、自分でも作ってみたい、と思い立つ。そうそう、洋菓子に比べてときめかないなぁと思っていた和菓子が、一冊の本をきっかけにたまらなく魅力的に見えてきた、なんて経験をしたことがある人も少なくないのでは？

逆に言えば、私たちが今、手にしている知識や経験、友人や恋人や家族との絆にも、扉を開くきっかけや最初の一歩があった、ということになります。

　そうした意味で、本書のキーマンとなるヤマトこと沖田大和は、「お父さんの扉」を開けたばかり。いや、ヤマトがホストとして働いていた店に、ある日突然小学生の少年が現れ「初めまして、お父さん」と呼びかけられたことが始まりですから、強引に扉をこじ開けられた、と言っても過言ではない状況でした。それまで自分に子供がいるなんて考えたこともなく、心の準備もないままお父さんの扉を開かれたヤマト。あの扉の向こうに死んだと聞かされていたお父さんがいるかもしれないと思い詰め、勇気を振り絞って踏み出した少年・進。そんなふたりが、恐る恐る、立ち止まったり、無謀に走り出したりしながら、新しい世界を開拓していく――。

『ワーキング・ホリデー』（二〇〇七年文藝春秋刊→二〇一〇年文春文庫）と『ウィンター・ホリデー』（二〇一二年文藝春秋刊→二〇一四年文春文庫）は、慣れない「父」と「息子」の関係性の変化を描くと同時に、ホストから地域密着の宅配業者「ハチさん便」に転職したヤマトのお仕事小説としても、読み応えのある物語でした。

　御承知の方も多いと思いますが、本書『ホリデー・イン』は、その番外編・スピンアウト作、と位置づけられる短編集です。『ワーキング・ホリデー』は進が小学五年生の夏休み、『ウィンター・ホリデー』は同じく冬休みの出来事を中心に描かれていて、時間にして一年にも満たない間にヤマトと進は数え切れないほど衝突し、心配をかけてかけられ、勝手に期待しては傷ついたりもしました。そこにどんな思いがあったのか。どんなふうに仲直りをし、気持ちを収めていったのか。「お父さんの扉」を開かれた主人公・ヤマトのそうした心の変化と成長（少しは！）は、前二作でたっぷりと体感できたわけですが、本書では、その不器用な葛藤に直撃された進を含め、彼らを見守ってきた周囲の仲間たちの事情を知ることができます。

復習を兼ねて五人の主人公の紹介と、物語の概要に少しだけ触れておきましょう。

巻頭と巻末を飾るジャスミンは、かつてヤマトが働いていたホストクラブ「クラブ・ジャスミン」の経営者。同時に家業である不動産会社も切り盛りしているやり手の〝おかま〟です。「ジャスミンの部屋」では彼女のもつ〝拾い癖〟を通じ、その過去と現在を。「ジャスミンの残像」では、ヤマトを〝拾った〟経緯から、手放す覚悟を決めるまでを鮮やかに見せていきます。若いホストたちをビシバシと取り仕切り、凜としているのに情に厚く、美しい脚をもつジャスミンに、『ウィンター・ホリデー』のラストでヤマトは「いい女だな」と言っていましたが、そこに至るまでに重ねてきたやせ我慢の美学に心を強くする人は少なくないはず。第二話「大東の彼女」の大東は、『ウィンター・ホリデー』で、年末「ハチさん便」にアルバイトとしてやってきたヤマト初の後輩です。「単純」「バカ」で「脳天気」な大東は、「断るのが苦手」が故にヤマトたちを窮地に追い込むトラブルメーカー的な一面があったのですが、それにはこんな理由があったとは！　超特大のシュークリームの甘さが、ムタさんの心をとかすことを祈らずにはいられません。

第三話の「雪夜の朝」と第四話「ナナの好きなくちびる」の雪夜とナナは、ヤマトと進が初めて会ったとき、その場に居合わせたふたりです。雪夜はヤマトの先輩ホスト、ナナはその上客でした。「バラを背負った王子様」的王道ホストの姿勢を貫く雪夜が抱えた屈託と、甘えたがりなお金持ちのお嬢様だと思われていたナナの過去。明記はされていませんが、作中で雪夜が〈地獄に堕とそうとしたことがあるんだよ〉と語る「君」とはナナのことですね。今、ナナは鼻血の止め方を教えてくれたという〈『かとれあ』のおばさん〉のもとでアルバイトをしていて、その名物である特大シュークリームが、大東の章にも繋がっているわけです。

そして第五話の「前へ、進」は、六年生になった進の、「初めまして、お父さん」とクラブ・ジャスミンに立つまでの回想を主に綴られています。実は単行本で最初に読んだとき、この物語にはちょっとした違和感を抱きました。『ワーキング・ホリデー』では、進は確か、母子手帳に挟まっていた（ヤンキー全開な）一枚の写真から、ヤマトを父親ではないかと疑い、その居所＝クラブ・ジャスミンを一人で突き止めた、と言っていたのです。けれど、本書には手はずを整えたのは「お母さん」だと書かれている。んん？　と思いながら読み進めていくと、なるほど、初めて会う「お父さん」（候補）に、コイツやるなと思われたいと、精一杯虚勢を張っていたのかな、と、なんだかニヤニヤと頬が緩んでしまいました（余談ですが、このタイトルを「前へ、すすめ」とするのではなく、「前へ、すすむ」であることが、たまらなくいいいな！　と思います）。もちろん、それが正解かどうかは分りません。けれど、ひとつの物事も、眺める角度が変わったり、語る場所や時間が変われば、また違う景色が見えてくるもの。ヤンキー、おかま、ホスト、ギャル、フリーター。「お母さん」も「お父さん」も「子ども」もＯＬもサラリーマンも、ひと言でなんて語れない。そんな当たり前なのに忘れがちなことを、本書は改めて思い出させてくれるのです。

〈彼が口を開いたとき、ひとつの物語が幕を開けるのを感じた。でもそれは、前の物語の終わりでもある〉。ジャスミンはそう記しているけれど、幸いなことに私たちは新しい世界の扉だけでなく、何度でも、同じ扉を開くこともできます。

大東がおせちの作り方を教えてもらった根岸さんとのエピソード。ヤマトに「進くんを甘やかしてあげてよ」と言ったナナの気持ち。ジャスミンが傾けるカクテル

「XYZ」ってなんか深い意味があったよね? ナナの相手の〝コブちゃん〟って、どんな人だっけ? そういえば、進とコウタはどうやってヤマトのハンコつき婚姻届を手に入れたんだっけ? ヤマトの「一回目の事故」も、確か読んだような……。気になることがあれば、ここからまた、いつだって『ワーキング・ホリデー』や『ウィンター・ホリデー』に戻って行ける。時間が経ったからこそ見つけられるかもしれない「隠し扉」的な作品リンクを始め、坂木さんの作品には再読する楽しみが随所に埋め込まれています。

「初めまして」だけでなく、「ただいま」と開けたドアの先にも、世界は広がっていて、今、この瞬間に「ゆるやかにつながっている」。

その心強さを、どうかゆっくりと感じて下さい。

（書評家）

初出一覧　別册文藝春秋
ジャスミンの部屋　二〇一二年五月号
大東の彼女　二〇一二年一一月号
雪夜の朝　二〇一三年三月号
ナナの好きなくちびる　二〇一三年五月号
前へ、進　二〇一三年九月号
ジャスミンの残像　二〇一四年一月号

単行本　二〇一四年五月　文藝春秋刊

DTP制作　萩原印刷

文春文庫

ホリデー・イン

定価はカバーに表示してあります

2017年4月10日　第1刷
2017年5月15日　第3刷

著　者　坂《さか》木《き》司《つかさ》
発行者　飯窪成幸
発行所　株式会社文藝春秋

東京都千代田区紀尾井町3-23　〒10…
TEL　03・3265・1211
文藝春秋ホームページ　http:/…shu.co.jp
落丁、乱丁本は、お手数ですが小社製作部…料小社負担でお取替…す。
Printe…pan
印刷・凸版印刷　製本・加…
ISBN978-4-16…24-9

（　）内は解説者。品切の節はご容赦下さい。

笹本稜平
還るべき場所
世界2位の高峰K2で恋人を亡くした山岳家は、この山にツアーガイドとして還ってきた。立ちはだかる雪山の脅威と登山家たちのエゴ。故・児玉清絶賛の傑作山岳小説。（宇田川拓也）
さ-41-3

笹本稜平
春を背負って
先端技術者としての仕事に挫折した長嶺亨は、山小屋を営む父の訃報に接し、脱サラをして後を継ぐことを決意する。山を訪れる人々が抱える人生の傷と再生を描く感動の山岳短編小説集。
さ-41-4

佐々木　譲
ユニット
十七歳の少年に妻を殺された男。夫の家庭内暴力に苦しみ、家出した女。同じ職場で働くことになった二人に、魔の手が伸びる。少年犯罪と復讐権、家族のあり方を問う長篇。（西上心太）
さ-43-1

佐々木　譲
鉄騎兵、跳んだ
モトクロスに人生の全てを賭ける貞二は、結果が出ず、また、若い天才の出現に焦りを覚える。オール讀物新人賞受賞の表題作をはじめ、著者の原点である初期短篇五篇を収録。（池上冬樹）
さ

佐々木　譲
ワシントン封印工作
昭和十六年、日米開戦とともに消えた一人の大使館員が平交渉の裏側で進展する諜報活動と各国の思惑、波なった様を描く第二次大戦三部作に連なる長篇小説。

坂木　司
ワーキング・ホリデー
突然現れた小学生の息子と夏休みの間、するも、謎とトラ元ヤンでホストの大和。宅配便配達やかに描く。ブルの連続で!?　ぎこちない父と交流親子生活が始まるが、
さ-49-1

坂木　司
ウィンター・ホリデー
冬休みに再び期間限定の大和とト続きのこのまるが、クスマス、正月、バレンタインリデー」シリーズ第弾ルも続出……。大人気「（吉田伸子）
さ-49